FRANÇOIS COPPÉE

Henriette

Hésiode éditions

© Hésiode éditions.

1 rue Honoré - 93500 Pantin.
ISBN 978-2-38512-094-8
Dépôt légal : Novembre 2022

Impression Books on Demand GmbH

In de Tarpen 42
22848 Norderstedt, Allemagne

Henriette

I.

Quand le curé eut donné l'absoute et quand les amis et connaissances du défunt, sortis les premiers de l'église après avoir jeté l'eau bénite, se furent formés en petits groupes sur la place Saint-Thomas d'Aquin, des conversations s'engagèrent entre ces hommes du monde, heureux de respirer l'air vif, au clair soleil de mars, après l'ennui d'une messe interminable, dans l'atmosphère suffocante de l'encens et du calorifère.

— Ce pauvre Bernard... C'est dur, tout de même... Boucler sa malle à quarante-deux ans !

— Sans doute. Mais il ne s'est pas assez ménagé, convenez-en. En voilà un qui aura fait la fête, hein !...

— Et dit souvent : « J'en donne », à l'écarté.

— Et usé le tapis de l'escalier de Bignon.

— Il y a eu de l'albuminerie dans son affaire, n'est-ce pas ?

— Une vie brûlée, quoi !... Le jeu, les femmes, la bonne chère... L'équipage du diable... Est-ce qu'il n'était pas un peu ruiné ?

— Pas du tout. Il venait encore de réaliser une vieille tante de cinq à six cent mille francs. Il doit, au contraire, laisser à sa veuve et à son fils une très jolie fortune.

— Alors, la belle madame Bernard se remariera.

— Qui sait ? Peut-être pas, à cause du petit. Il paraît qu'elle adore son fils.

En somme, on regrettait peu ce mort de première classe, porté en terre avec tout le luxe dont sont capables les Pompes funèbres : messe chantée, fleurs de Nice, torchères à flamme verte autour du catafalque. Et le plus beau maître des cérémonies ! Oh ! un gaillard superbe, avec l'air de morgue et les favoris blancs d'un vieux pair d'Angleterre, un homme précieux que l'administration ne sortait que dans les grands jours et qui avait joué autrefois les pères-nobles en province, s'il vous plaît ! Mais, malgré tout cet apparat, le défunt, M. Bernard des Vignes, député et membre du conseil général de la Mayenne, ancien officier de cavalerie, chevalier de la Légion d'honneur, etc., était traité selon ses mérites dans les entretiens échangés à voix basse, derrière les mains gantées de noir.

Et, de fait, il n'avait été qu'un viveur vulgaire, sans grâce, sans élégance, resté provincial malgré ses quinze ans de Paris. Rien de plus banal que son histoire. Riche, il épousait à vingt-huit ans la fille d'un sénateur corse, ami personnel de Napoléon III, l'admirable Mlle Antonini, dont la beauté de transtévérine faisait alors sensation aux Tuileries et à Compiègne. Pendant quelque temps, il l'aimait, à sa manière. Puis, tout à coup, sottement et injustement jaloux de sa femme, il démissionnait de son grade de lieutenant aux dragons de l'Impératrice, s'enfouissait dans ses terres, y prenait de lourdes habitudes, ne quittait plus ses bottes de chasse et fumait sa pipe à table, après le café, en sirotant des petits verres. Un fils lui naissait, seule consolation de M me Bernard, bientôt négligée par l'ancien libertin de garnison, qui, après deux ans de ménage, allait souvent à Paris tirer une bordée de matelot, et qui, dans ses sorties de chasse, tout en déjeunant d'une rustique omelette sur un coin de table, prenait la taille des filles de ferme.

Le premier coup de canon de la guerre de 1870 éveilla pourtant un écho dans l'âme de ce grossier jouisseur et lui rappela qu'il avait été soldat. Commandant de mobiles, il se battit avec crânerie, attrapa une blessure et la croix, et, aux élections, fut envoyé à la Chambre par son département. En grosse bête qu'il était, il suivit les majorités. De réactionnaire, il devint tour à tour centre droit, centre gauche, opportuniste, n'ouvrit jamais la bouche que pour demander la clôture, fut toujours réélu. Mais, contraint par ses fonctions d'habiter Paris, il lâcha les rênes à son tempérament et se rua dans le plaisir.

M me Bernard fut alors tout à fait abandonnée et ne vit plus que rarement et à peine, aux heures des repas, ce mari qu'elle n'avait jamais aimé et qu'à présent elle méprisait. Trop honnête pour se venger, trop fière pour se plaindre, elle fuyait le monde, et, presque toujours seule dans son vaste appartement du quai Malaquais, elle se consacrait tout entière à son fils, qui suivait, comme externe, les cours du lycée Louis-le-Grand et donnait déjà les signes d'une intelligence singulièrement précoce. Elle était de ces mères qui apprennent le grec et le latin pour corriger les devoirs de leur enfant et lui faire réciter ses leçons. On parlait d'elle avec admiration ; car les quelques femmes admises dans son intimité, n'avaient aucun sujet de jalousie contre cette beauté qui se cachait, beauté demeurée intacte cependant, sur laquelle la trentaine avait mis la chaude pâleur d'un beau marbre et que le temps ni le chagrin n'avaient marquée d'un seul coup d'ongle. Ce malheur, subi avec tant de courage et de dignité, était cité partout comme un exemple, et la médisance parisienne ne soulignait même pas d'un sourire le nom du colonel de Voris, un camarade de promotion du mari, dont le sentiment respectueux pour M me Bernard des Vignes osait à peine se manifester par de timides visites.

Enfin, il était fini, le long supplice de cette pauvre femme. Bernard, le gros Bernard, comme l'appelaient ses amis du club, n'avait pu résister à sa dernière indigestion de truffes ; et, sur le seuil de l'église, autour du volumineux cercueil qu'attendait le fourgon des Pompes funèbres, on formait le cercle, pour écouter les discours.

Mais, tandis que défilaient les mensonges oratoires, « bon Français, intrépide soldat, patriote éclairé », tous ces mondains, importunés par ce mort dont il était trop longtemps question, pensaient tout au plus – s'ils pensaient à quelque chose – à la belle et riche veuve, enfin libre ; et, lorsque la cérémonie fut terminée et que l'assistance se dispersa, cette phrase fut maintes fois prononcée dans les dialogues d'adieux :

– La belle madame Bernard se remariera avant un an d'ici... Voulez-vous le parier ?

II.

Quelques semaines après l'enterrement, M me Bernard des Vignes, en deuil, était assise devant son métier à tapisserie, près de la fenêtre de son boudoir. Ses yeux absorbés, sans regard, erraient sur le paysage du quai, si charmant par un beau jour. Mais elle ne voyait ni le ciel de l'avant-printemps, d'un bleu si tendre, ni le fleuve en marche sillonné par les joyeux bateaux et miroitant au soleil, ni la noble façade du Louvre, ni le svelte bouquet d'arbres, au coin du Pont-Royal, où déjà courait, dans les branches noires, comme une fumée de verdure. S'abandonnant dans son fauteuil, accoudée, deux doigts sur la tempe, la belle veuve, son buste de déesse étreint par la robe noire bien ajustée, évoquait en une longue rêverie toute sa vie passée.

Elle se revoyait aux Tuileries, traversant pour la première fois, au bras de son père, les salons magnifiques. Elle entendait derrière elle, dans le sillage de sa robe de bal, un murmure d'admiration. Elle voyait sur le visage de tous ceux qui la regardaient passer un demi-sourire, une expression subitement heureuse, qui la remerciaient d'être si belle. Elle le retrouvait, cet éclair des regards charmés, dans les yeux mêmes de l'Empereur et de l'Impératrice, au moment de la présentation ; et comme, tout à coup, l'orchestre attaquait le brillant prélude d'une valse, il lui semblait que cet air triomphal éclatait en son honneur.

Puis c'étaient plusieurs mois de fête, d'éblouissement. Elle s'épanouissait, rose victorieuse, dans le groupe des jeunes filles de la cour. Reine des amazones, à travers les taillis d'or et de flamme de la forêt automnale, elle suivait au galop les chasses de Compiègne. Elle était la célèbre Mlle Bianca Antonini, et la souveraine, conquise par cet effluve de sympathie, qui émane des êtres parfaitement beaux, ne passait jamais devant elle sans lui adresser quelques paroles douces et flatteuses, qu'elle écoutait les yeux baissés, avec une révérence confuse.

Mais voilà ! pas de fortune. Point de dot, ou à peu près. Sans doute, l'Empereur avait récompensé par un siège au Sénat les services du vieil Antonini, – une de ces fidélités où se combinent l'instinct du caniche et le fanatisme du mameluck, un de ces dévouements toujours prêts à se jeter entre la poitrine du maître et le poignard des assassins. Mais, excepté son traitement de sénateur, le vieux Corse ne possédait rien qu'une maison en ruines et quelques hectares de maquis dans le sauvage pays de Sartène.

D'une probité robuste, ce conspirateur, dont les yeux de bon chien et le sourire attendri sous une rude et grise moustache de gendarme faisaient plaisir à Napoléon III en lui rappelant sa jeunesse et ses mauvais jours, cet ancien sous-officier, qui avait risqué, dans l'affaire de Strasbourg, le conseil de guerre et les balles du peloton d'exécution pouvait montrer, au milieu des tripotages de l'époque, des mains absolument pures. On savait que Mlle Antonini était pauvre. Aussi, lorsque Bernard des Vignes, le beau lieutenant de dragons, l'eut fait valser trois fois de suite au bal des Tuileries, tout le monde l'estima très heureuse de rencontrer un parti de cent mille francs de rente.

Elle se mariait, sans entraînement, par raison, pour rassurer son père inquiet de l'avenir ; et, brusquement, tout son bonheur disparaissait comme un décor qu'on enlève. C'était l'absurde jalousie de son mari, l'exil en province, l'amer dégoût de découvrir dans l'homme à qui elle avait lié sa vie un grossier viveur, bassement libertin, presque ivrogne. Sans son nouveau-né, sans ce fils qu'elle avait elle-même allaité et dont la venue lui avait empli de maternité le cœur et les entrailles, cette Corse, qui était bien de son pays, fière, chaste, vindicative, eût certainement quitté son indigne époux. Elle se résignait pourtant, à cause de l'enfant. Mais de nouveaux malheurs venaient alors la frapper. L'Empire s'écroulait, son père mourait, tué raide d'un coup d'apoplexie par la nouvelle de la capitulation de Sedan. Enfin, après la guerre, son mari, élu député, la ramenait à Paris... Et elle se rappelait les longues années d'ennui, de solitude, passées dans ce même boudoir, près de cette même fenêtre, devant ce fleuve qui coulait toujours, si lent, si monotone, comme sa vie !

Sans doute, elle avait son fils, qu'elle aimait d'une tendresse passionnée et qui, à treize ans, était déjà un compagnon pour elle, un petit homme. N'avait-elle pas vécu jusqu'alors pour lui seul ? Eh bien, elle continuerait, voilà tout ! Elle vieillirait auprès de lui, le marierait, deviendrait grand'mère. Son cher petit Armand ! Elle l'attendait. Il allait revenir du lycée. Et elle s'attendrissait à la pensée qu'il entrerait tout à l'heure dans cette chambre, frêle en habits de deuil, qu'il se jetterait à son cou, qu'elle le baiserait longuement, ardemment, sur son front pâle d'écolier laborieux, et qu'elle le retiendrait ainsi dans ses bras, le regardant avec amour bien au fond de ses profonds yeux noirs qu'il tenait d'elle, de ses yeux si lumineux, si purs, où brûlait une flamme de pensée.

Cependant un autre souvenir vient de traverser la rêverie de M me Bernard.

Elle songe maintenant au seul ami de son mari qui soit devenu le sien, au seul homme qui fasse s'émouvoir en elle une sympathie tendre.

Voilà plusieurs années que, tous les jeudis, – c'est son « jour », – vers les six heures, moment où elle n'est jamais seule, le colonel de Voris se présente chez elle, froid, correct, un peu raide même dans sa redingote militairement boutonnée, qu'il s'assied dans le cercle des dames, se mêle avec effort aux banalités de la conversation, refuse une tasse de thé et se retire, après une visite d'un quart d'heure. Il l'aime, elle en est certaine, et tant de respect, de timidité, la touche, surtout chez le héros de Saint-Privat, qui, ayant eu son cheval tué sous lui, avait ramassé un fusil de munition, comme Ney en Russie, et ramené au combat ses troupes débandées. Il l'aime ! Au « shake-hand » de l'adieu, elle a toujours senti trembler la main droite du colonel, cette main trouée d'un coup de lance allemande, que par pudeur de sa cicatrice il ne dégante presque jamais... Si elle voulait se remarier, pourtant ? Cet homme d'honneur et de courage, ce paladin au cœur jeune et aux tempes grises, serait pour Armand un protecteur, un guide dans la vie, un nouveau et meilleur père.

Tandis que l'esprit de la veuve suit la pente de cet espoir, une douceur infinie se répand sur son beau visage. Qu'a-t-elle donc ? Pourquoi son cœur bat-il plus fort et plus vite ?

Tout à coup, un domestique annonce le colonel de Voris.

Assurément, il doit à M me Bernard une visite de sympathie, et sa qualité d'ancien ami lui permet de se présenter à un jour, à une heure quelconques. Mais pourquoi précisément aujourd'hui, pourquoi à ce moment où elle est avec lui en pensée ? Cette complicité du hasard, n'est-ce pas étrange ?

Et, en voyant entrer le colonel, – l'air toujours jeune, la taille mince, la moustache semblant très noire par le contraste des cheveux gris, – M me Bernard est toute troublée. Il s'approche, lui tend la main, – sa main mutilée sous le gant, – s'assied près d'elle ; lui parle de son deuil.

– J'étais de cœur avec vous dans votre douleur, lui dit-il, vous n'en doutez pas.

Rien de plus sur ce pénible sujet. Il a la délicatesse de comprendre qu'elle serait choquée par des doléances hypocrites. Il s'informe alors d'Armand, et sa voix devient amicale quand il prononce le nom de l'enfant.

Mais comme l'entretien languit, coupé de silences :

– Je venais aussi, madame, dit le colonel avec un peu d'hésitation, vous demander un conseil.

– Un conseil ? A moi ?... Et lequel ?

– Avant votre deuil, j'avais l'intention de retourner en Algérie. Je voulais m'éloigner, j'avais une peine intime... Or, à présent, le nouveau ministre de la guerre m'offre de faire partie de son état-major, de rester à Paris... Le chagrin qui me poussait à fuir n'existe plus, ou du moins il n'est plus sans espoir... J'hésite... Dois-je rester, ou partir ? Je le demande simplement, franchement, à votre amitié.

Mme Bernard a compris. Sous cette forme à peine voilée, le colonel lui demande s'il peut attendre la récompense de sa silencieuse fidélité. Elle n'a qu'à dire un mot, « restez », et, dans un an, elle sera la femme d'un homme qu'elle estime, qui la consolera de toutes les misères du passé, qui sera paternel pour son cher Armand. Elle pourra connaître le bonheur, aimer, vivre !...

Mais la porte s'ouvre brusquement, une fraîche voix d'enfant crie : « Bonjour, mère ! » Mme Bernard tressaille. C'est son fils qui revient du collège, et qui, ayant jeté ses livres sur la table, lui saute joyeusement au cou.

– Bonjour, mon enfant, dit le colonel, voulez-vous me donner une poignée de main ?

Armand connaît à peine ce visiteur à l'air grave. Il est de nature un peu sauvage. Cependant, il touche la main qui lui est offerte, mais par obéissance polie, et dans ses grands yeux noirs passe un regard d'inquiétude, presque de soupçon. Mme Bernard a observé son fils. Elle voit combien cet homme et cet enfant sont étrangers l'un à l'autre, et, profondément remuée par l'admirable, par le tout puissant instinct maternel, elle rougit, elle sent à ses oreilles une chaleur de honte. A quoi pensait-elle donc tout à l'heure, grand Dieu ?

Alors, se levant de son fauteuil, elle attire Armand tout près d'elle, pose avec un geste caressant, une de ses mains sur la tête de son fils, et, d'une voix calme, les yeux baissés, elle dit au colonel debout devant elle :

– Je vous dois une réponse, mon cher monsieur de Voris, et elle sera aussi loyale que votre demande. Je crois... oui, je crois que vous feriez mieux d'aller en Algérie.

Et ayant salué respectueusement, le colonel s'éloigne d'un pas ferme, comme un soldat à qui son chef a dit d'aller se faire tuer, et qui y va.

C'est décidé. La belle Mme Bernard des Vignes ne se remariera pas.

III.

À partir de cette heure décisive, l'amour de la veuve pour son fils s'accrut en raison du sacrifice qu'elle lui avait fait, et devint encore plus passionné, presque jaloux. Elle ne pouvait plus se passer de la présence d'Armand. Elle avait besoin sinon de le tenir sous ses yeux, du moins de le savoir à la maison, tout près d'elle. Elle souffrait de ses absences, pourtant assez courtes, puisqu'il n'allait au lycée que pour en suivre les cours, et parfois, prise d'un impérieux désir de le revoir une demi-heure plus tôt, elle demandait sa voiture et se faisait conduire à la porte de Louis-le-Grand. Elle arrivait là bien en avance, s'impatientait, jetait sur la porte du lycée des regards d'amoureuse venue la première au rendez-vous. Enfin, elle entendait le roulement de tambour annonçant la fin de la classe, et si l'enfant sortait un des derniers, elle en souffrait positivement, songeait presque à lui reprocher de ne pas avoir pressenti qu'elle était là. Vite, elle le faisait monter dans le coupé, l'étreignait pour le baiser au front, comme s'il fût revenu d'un long voyage, et pendant tout le temps du retour le retenait ainsi contre elle, avec un geste d'avare.

Quelquefois Armand sortait du lycée, riant et causant avec un camarade, et Mme Bernard, soudain inquiétée, posait à son fils vingt questions pressantes : « Comment s'appelle-t-il ? Qui est-il ? Que font ses parents ? Veux-tu vraiment en faire ton ami ? ». Et si Armand, avec le facile enthousiasme de son âge, parlait chaleureusement de son jeune condisciple, vantait son esprit ou sa bonté, Mme Bernard éprouvait une sensation pénible, se méfiait déjà de ce nouveau venu qui lui prenait un peu de son enfant. C'était injuste, elle le savait, elle s'en accusait. N'aurait-elle pas dû se réjouir, au contraire, qu'Armand fût affectueux et cordial ?

– Invite ce jeune homme à venir à la maison, disait-elle en faisant un effort. Je serai charmée de le recevoir.

Et, quand elle revoyait le camarade, elle tâchait d'être très gracieuse, comme pour se punir de son mauvais sentiment. Mais elle y réussissait mal ; c'était plus fort qu'elle ; et elle ne retrouvait la possession d'elle-même que lorsque l'autre était parti et qu'elle avait de nouveau son fils tout entier, à elle toute seule.

Armand se rendait parfaitement compte de ce que la tendresse de sa mère avait d'exclusif et d'ombrageux. Car tout en lui, intelligence et sensibilité, s'était prématurément développé, et cela même à cause de l'éducation spéciale de son enfance, très solitaire, très caressée, dans la tiédeur des jupes maternelles. Il ne restait déjà plus, dans cette nature d'élite, aucun des instincts égoïstes, brutaux, ingrats, qui sont, hélas ! naturels chez les très jeunes gens. Cet enfant extraordinaire, qui faisait des études excellentes et cueillait, en se jouant, tous les lauriers universitaires, comprit, excusa, admira le cœur maternel qui l'aimait d'un amour si aigu, jusqu'à la souffrance, et il n'y toucha que d'une main pieuse et légère, avec les délicatesses d'un homme fait.

Ce fut une immense joie pour Mme Bernard quand elle reconnut qu'elle était tant et si bien aimée. Alors elle se reprocha d'absorber son fils, de le trop garder près d'elle. Elle attira dans sa maison et reçut avec bonté les camarades de son Armand, voulut lui donner plus de liberté. Mais loin d'en abuser, comme l'eût fait tout autre adolescent, il redoublait d'assiduité, de touchantes attentions, Pendant plusieurs années, elle fut la plus heureuse des mères.

Un de ses très vifs plaisirs était de sortir à pied, dans Paris, au bras de son fils. Il finissait sa dernière année de collège, était devenu un svelte et charmant jeune homme, s'habillant bien, sans gaucherie. Quant à Mme Bernard, elle avait franchi victorieusement la trente-sixième année. Bien des têtes se retournaient sur leur passage ; mais la belle veuve ne remarquait même pas que tous les hommes avaient encore pour elle un regard soudainement charmé, tout occupée qu'elle était de chercher, dans les yeux des femmes, un instant fixés sur son fils, ce sourire fugitif qui signifie clairement : « Le joli garçon ! » Il ne paraissait pas y prendre garde, d'ailleurs, et c'était une douceur de plus pour cette mère, de se dire que son cher fils, si intelligent, si précoce, était en même temps si pur et ignorait à ce point sa beauté.

Elle y songeait bien quelquefois, à cette crise solennelle de la puberté, à cette redoutable métamorphose qui, de l'adolescent, fait un homme. Oui, un jour viendrait – jour maudit ! – où son Armand aimerait une autre femme autrement et plus qu'elle. Cette pensée la faisait si douloureusement souffrir que, prise de lâcheté, elle ne voulait pas s'y arrêter, la chassait de son esprit. A coup sûr, – mais plus tard, oh ! bien plus tard, – quand Armand aurait fait son droit, entrepris une carrière, il se marierait. Cela, c'était tout naturel. Et alors elle serait raisonnable, l'aiderait à choisir une compagne qui pût le rendre heureux. Mais la maîtresse, la voleuse de jeunes cœurs, celle qui prend un fils à sa mère et le lui renvoie les sens troublés et les yeux meurtris, celle-là était, pour la Corse rancunière, pour la chaste veuve du débauché, pour la mère exigeante et jalousé, une ennemie d'avance exécrée, à laquelle elle ne pouvait penser sans serrer les dents et sans trembler de colère.

IV.

Cette rivale future, Mme Bernard des Vignes l'introduisit elle-même dans sa maison, au moment où son fils, qui venait d'atteindre sa vingtième année, commençait ses études de droit.

Elle s'appelait Henriette Perrin et était une simple ouvrière en journées. Une amie de Mme Bernard, personne extrêmement charitable, lui avait chaudement recommandé cette jeune fille. A peine âgée de dix-neuf ans, orpheline de père et de mère, elle n'avait pour vivre que son gain, – trois francs par jour et nourrie, – et trouvait encore moyen, avec d'aussi faibles ressources, d'aider une tante très âgée chez qui elle demeurait. Mme Bernard fut séduite au premier abord par cette jolie enfant, si gracieuse, si décente, et s'habillant avec le goût instinctif des fillettes de Paris, qui vous ont tout de suite l'air d'une dame dans une robe à vingt sous le mètre, chiffonnée de leurs mains industrieuses. L'ouvrière fut aussi prise en amitié par Léontine, la vieille femme de charge, qui fit sur elle, à sa maîtresse, les rapports les plus favorables.

– Cette pauvre petite ! disait-elle à Mme Bernard. Ça vous arrive à pied, du fond de Vaugirard, dès huit heures du matin, et à jeun encore. Je lui donne son café au lait, et bien vite elle s'installe au petit salon, dans l'embrasure de la fenêtre, tranquille comme Baptiste, sans faire plus de bruit qu'une souris. Ah ! c'est mam'zelle Silencieuse ! Toute la journée, elle tire son aiguille. Et je te couds, et je te couds... Jolie avec ça. Madame a remarqué ses beaux cheveux blonds... Et une taille à tenir dans les deux mains... Comme Madame me l'a permis, je lui apporte ses repas sur un guéridon. Car Madame a bien raison : pour une jeunesse, ça ne vaut rien, l'office et la société des domestiques. Elle mange très proprement, sans laisser tomber une miette de pain. Alors, des fois, nous faisons un bout de causette. Elle a bien du mal, allez ! madame. Figurez-vous que, sans elle, sa tante serait, à l'heure qu'il est, avec les vieilles priseuses qu'on voit se chauffer au soleil, sur les bancs, devant la Salpêtrière. Si jeune, si courageuse, et des charges de famille ! Si ça ne fait pas pitié !

Mme Bernard reconnut bientôt par elle-même que la jeune ouvrière méritait réellement tout ces éloges, trouva toujours en elle un petit être doux, timide, laborieux, touchant, et, pour lui marquer son intérêt, lui assura trois journées de travail par semaine. Elle prit l'habitude, quand elle traversait le petit salon, de voir, près de la fenêtre, cette gentille tête blonde penchée sur son ouvrage, et elle s'arrêtait souvent pour adresser à Henriette quelques paroles encourageantes. Il y avait même apparemment un charme qui émanait de cette enfant, car lorsque Mme Bernard ne la voyait pas à sa place accoutumée, elle songeait, avec une nuance de regret :

– Tiens ! ce n'est pas son jour.

C'était ainsi depuis quelques mois, quand Mme Bernard reçut une lettre d'une orthographe incertaine et d'une écriture maladroite, par laquelle Henriette prenait congé d'elle, la remerciait de ses bontés et lui annonçait qu'elle avait trouvé un emploi régulier chez une couturière en vogue.

– Cette petite aurait bien pu venir m'annoncer cela elle-même, se dit Mme Bernard, un peu choquée. Il me semble que j'ai été assez bonne pour elle... Après tout, le temps de ces gens-là est précieux. C'est leur gagne-pain. Tant mieux si elle a trouvé une bonne place.

Et elle n'y pensa plus.

Mais, quelques jours plus tard, étant entrée dans la chambre de son fils pour renouveler les fleurs des jardinières, elle vit une lettre tombée sur le tapis, la ramassa pour la poser sur le bureau, jeta machinalement un regard sur l'enveloppe, y lut le nom d'Armand Bernard et reconnut avec stupéfaction la calligraphie enfantine de l'ouvrière. Un soupçon soudain lui glaça le cœur. Avait-elle ou non le droit de lire cette lettre ? Elle ne s'arrêta pas même trois secondes devant ce scrupule. Il s'agissait de son fils, pour qui elle eût commis un parjure, un meurtre, n'importe quel crime. Elle arracha vivement le papier de son enveloppe, le déplia, et ces mots lui éclaboussèrent et lui brûlèrent les yeux, comme un jet de vitriol.

« Mon Armand bien aimé, viens m'attendre ce soir à la sortie du magasin. Nous passerons la soirée ensemble.

Je t'adore,

HENRIETTE »

Congestionnée, foudroyée, une sensation de brûlure à la racine de chacun de ses cheveux, les genoux cassés par le choc de l'émotion, Mme Bernard tomba, s'écroula dans le fauteuil de travail de son fils.

Ainsi, ce qu'elle redoutait, ce qu'elle osait à peine prévoir, – et seulement dans un lointain avenir, – était un fait accompli. Son fils avait une maîtresse. Et laquelle ? La couturière de la maison ! Pourquoi pas la bonne, la laveuse de vaisselle ? Oui ! son Armand que, la veille encore, elle croyait pur comme une primevère, son exquis et aristocratique enfant, pâle et mince, ayant l'air d'un petit prince de sang royal, a ppartenait à cette gamine des faubourgs, à cette fille du ruisseau de Paris. Il l'aimait sans doute, et il avait peut-être couvert de baisers cette horrible lettre, qui était écrite comme une note de blanchisseuse. Et elle n'avait rien vu, elle ne s'était méfiée de rien ! Oh ! l'aveugle, la stupide !

Comment ! c'était elle-même qui, par imbécile bonté, avait laissé pénétrer sous son toit, protégé cette drôlesse ? Mais voilà qui était plus fort. A présent, elle se rappelait avoir attiré l'attention d'Armand sur l'ouvrière, avoir parlé d'elle devant lui avec sympathie. Alors, c'était pour cela qu'elle avait consacré à Armand toutes les minutes de son existence, pour cela qu'elle avait supporté sans une plainte les longues années d'outrage et d'abandon de son mariage, pour cela qu'elle avait renoncé à l'espoir, à la certitude du bonheur en éloignant le colonel de Voris ! C'était pour que cet enfant surveillé comme un trésor d'avare, soigné comme une fleur de serre, pour que ce chef-d'œuvre maternel, sorti et créé de ses entrailles, de son dévouement, de son amour, devînt, en un instant, au premier appel du sexe, à la première poussée des sens, le régal d'une grisette, le caprice et l'amusement d'une fille ! Et elle avait eu la naïveté, la bêtise de le croire meilleur, plus délicat que les autres hommes ! Allons donc ! Il l'avait bien dans les veines, le sang de son père, le sang de vice et de débauche qui donnait au gros Bernard des apoplexies de désir devant la pire des maritornes. Eh bien, là, vraiment ! c'était du propre !

Brisée, navrée, un cloaque d'amertume et de dégoût dans le cœur, Mme Bernard des Vignes restait assise, les yeux sur la fatale lettre, dans cette jolie chambre, où tout, – les meubles élégants, la lumière discrète, les livres bien reliés, jusqu'au fin parfum des menus objets en cuir de Vienne placés en ordre sur le bureau, – tout lui rappelait les habitudes raffinées, l'enfance pure et studieuse de son fils. Et cette lettre qu'elle tenait à la main, cette lettre pareille à un crapaud rencontré dans le sable ratissé d'un parc anglais, cette lettre qui puait le peuple, bousillée sur du papier acheté chez l'épicier, avec ses deux grossières fautes d'orthographe et sa vulgaire écriture d'enfant des écoles primaires, faisait monter une nausée aux lèvres de l'honnête femme.

Tout à coup, Armand entra, son portefeuille d'étudiant sous le bras, insoucieux, léger, une belle flamme de jeunesse dans les yeux, et, surpris de trouver sa mère chez lui :

– Tiens ! tu es ici ! s'écria-t-il joyeusement. Bonjour, maman.

Mais Mme Bernard s'était levée, raide, toute pâle. Elle jeta la lettre d'Henriette sur le bureau, la montra à son fils d'un doigt frémissant ; et, d'une voix qu'il ne lui connaissait pas, d'une voix sonnant le métal et chargée d'insulte et de colère :

– J'ai lu, dit-elle. Une autre fois, aie soin de ne pas laisser traîner les lettres de ta maîtresse.

Elle ajouta encore, comme suffoquant :

– Une pareille fille !

Et, laissant le jeune homme stupéfait et pourpre de honte, la mère irritée sortit en faisant claquer la porte.

V.

Pourtant ces pauvres enfants étaient bien excusables.

Tout comme sa mère, Armand, quand il traversait le petit salon, s'était intéressé à ce gentil profil, qui s'inclinait légèrement pour le saluer. Mais il n'avait pas vu, l'innocent qu'il était, le regard vite détourné, mais si tendre, qu'on lui jetait au passage, ni la rougeur qui montait alors au visage de l'ouvrière. Quant à elle, la première fois qu'elle avait aperçu Armand, – oh ! du premier choc, sans se défendre, – elle était tombée amoureuse de lui, et ce beau et fin jeune homme, aux gestes harmonieux, aux yeux si ardents et si doux, lui était apparu comme un être d'une essence supérieure. Henriette était sage, non pas ignorante. Dès l'apprentissage, les conversations entre camarades l'avaient instruite. Mais jamais son désir n'eût été assez audacieux pour s'élever jusqu'à l'objet de son naissant amour.

A ses yeux, Armand était un « riche », un de ceux que les pauvres ne peuvent connaître, ne voient que de loin. Elle était sûre qu'il avait une « bonne amie », car on ne suppose pas, au faubourg, qu'un homme puisse demeurer pur jusqu'à vingt ans ; – mais celle qu'il aimait devait être une femme de son monde, une « belle dame », et, sans la connaître, mais ne doutant pas de son existence, Henriette la trouvait bien heureuse et lui enviait la joie de passer ses doigts chargés de bagues dans la noire et rebelle chevelure, toujours un peu en désordre, du jeune patricien. Elle, la pauvre fille ! devait se contenter de l'admirer à distance, respectueusement. Quand il lui disait en passant : « Bonjour, mademoiselle », c'était quelque chose d'exquis qu'Henriette sentait se fondre dans son cœur. Mais s'imaginer qu'elle pût fixer l'attention d'Armand, lui paraître jolie !... Non ! elle n'était pas si folle.

Il la trouvait délicieuse. Il était entraîné vers elle par toutes ses curiosités, toutes ses ardeurs d'ingénu en qui venait d'éclater et de s'épanouir avec violence la fleur intacte du désir. Sans doute, il était resté chaste, n'ayant connu ni les turpitudes des dortoirs de collège, ni les brutales initiations de la Cythère vénale. Mais l'heure de la crise avait sonné. A la seule pensée que cette charmante fille était là, sous le même toit que lui, Armand succombait sous le poids d'une soudaine langueur, devenait incapable de tout travail. Laissant brusquement ses livres ouverts, il trouvait hypocritement pour lui-même un prétexte de circuler dans l'appartement, de traverser la pièce où se tenait Henriette assise et cousant, de l'envelopper d'un rapide regard, de recevoir l'éclair fugitif de ses yeux. Puis il rentrait dans sa chambre d'étudiant, se jetait avec fatigue sur son canapé et restait là, accablé, le front chaud, les mains inquiètes, avec des bâillements et des envies de pleurer.

Mieux informée sur la vie, Henriette finit par s'apercevoir du trouble du jeune homme en sa présence. Était-ce possible ? Elle lui plaisait ! Ce « petit monsieur », si délicat, si « mignon », comme elle se le disait en pensée dans son langage populaire, cet Armand qui lui semblait être d'une autre race qu'elle-même, qui lui faisait l'effet d'une sorte de demi-dieu, daignait prendre garde à elle ! Dans son humilité sincère, elle en fut d'abord toute confuse. Puis une tendresse infinie inonda son cœur.

Ah ! Armand n'avait qu'à faire un signe. Tout ce qu'il voudrait, tout de suite ! Très simple, purement instinctive, elle ignorait la coquetterie, les manèges d'amour. Oui ! sur un clin d'oeil, elle était prête à s'offrir, elle et sa jeunesse fleurie, prête à donner son cœur surtout, au fond duquel elle sentait une force mystérieuse, irrésistible, qui la soulevait, qui la poussait dans les bras d'Armand. Déjà, elle se reprochait de ne pas lui faire les premières avances. Elle le voyait si timide, elle aurait voulu l'encourager. Mais elle ne pouvait vaincre un reste obstiné de pudeur. C'eût été si facile pourtant de répondre au regard d'Armand par un regard, à son sourire par un sourire. La sotte ! Maintenant, quand il passait près d'elle, elle n'avait même plus le courage de lever la tête. De sorte que les jours et les jours s'écoulaient sans que le jeune homme adoré se doutât qu'il le fût, et sans que ce maladroit Daphnis comprît qu'il était attendu comme Jupiter.

VI.

Mais la catastrophe était inévitable.

Par un beau dimanche, – on était à la fin du mois de mai, – par un dimanche de ciel bleu, de soleil et de robes claires, Armand, qui devait dîner chez un de ses camarades, avait pris congé de sa mère vers quatre heures et était allé se promener au hasard.

Une fois dehors, malgré l'air tiède et l'éclatante lumière, il se sentit affreusement triste. Il enviait tout le petit monde qui passait par couples, avec un air de fête. Quel Parisien, dans les heures troublées de la prime jeunesse, n'a pas connu ces flâneries épuisantes, cette sensation si douloureuse de solitude et d'angoisse au milieu de la foule ?

Il remonta, en traînant ses pas, toute la rue des Saints-Pères jusqu'au bout, tourna à droite par la rue de Sèvres, dépassa le square planté de platanes, les devantures fermées du Bon Marché, et continua son chemin sur le spacieux trottoir qui longe le vieux mur de l'hôpital Laënnec. A cette heure-là, le dimanche, en été, cette large rue du faubourg clérical est à peu près déserte. Les boutiques d'objets de piété sont closes. Les dévotes et les bandes d'orphelines sont déjà revenues des vêpres. Quelques rares passants, ouvriers et petits bourgeois endimanchés. Ça et là, deux pioupious gantés de blanc, la soutane noire d'un prêtre qui se hâte. C'est tout. Et de dix minutes en dix minutes, au milieu de la chaussée, l'omnibus passe avec de lourds cahots, comme endormi.

Mais, autour de la porte de l'hôpital, les mesquins étalages de fleurs, de biscuits et d'oranges, l'entrée et la sortie des visiteurs, entretiennent un peu d'animation. Ce fut au milieu de ce rassemblement que, tout à coup, Armand aperçut Henriette à quelques pas devant lui.

Elle était vêtue d'une robe de rien du tout, bleue à pois blancs, mais qui moulait sa souple et svelte taille. Sur son méchant chapeau de paille brune frissonnait un gentil bouquet de bleuets, et, de sa main bien gantée, elle tenait sur son épaule son ombrelle ouverte. Elle était charmante ainsi, la Parisienne, et c'était la jeunesse même. En reconnaissant Armand, elle devint toute rose, et sa bouche épanouie, ses dents étincelantes, ses yeux de myosotis mouillés de rosée, sa chevelure blonde où pétillaient des points d'or, jusqu'à son humble et fraîche toilette, tout en elle sembla sourire.

Armand avait soulevé son chapeau, et, bien que son cœur battît à coups profonds, il allait passer outre, le niais ! Mais elle lui adressa un si gracieux : « Bonjour, monsieur », qu'il s'arrêta, et, voulant engager la conversation, ne sachant trop que dire, il lui demanda, d'une voix un peu frémissante, d'où elle venait ainsi.

Elle lui répondit avec un égal embarras, parlant pour parler, très vite.

Elle sortait de cet hôpital, où elle était allée porter quelques douceurs à sa tante, malade depuis quinze jours. Mais ce ne serait rien. La bonne femme allait déjà mieux et devait être envoyée bientôt à l'asile des convalescents. Henriette s'en réjouissait, car c'était bien triste pour elle de trouver tous les soirs, comme elle disait, « la maison seule ».

Ils ne pensaient, ni l'un ni l'autre, à leurs paroles. Ils se regardaient au fond des yeux, émus à en trembler. Cette rencontre, cet entretien, leur paraissaient à tous deux un événement extraordinaire. Parler ainsi, en pleine rue, à cette jeune fille, qu'après tout il connaissait à peine, était pour Armand l'action la plus téméraire de sa vie ; et quant à la grisette amoureuse, elle était éperdue comme une bergère de conte féerique à qui le fils du roi vient, en grand équipage, demander sa main.

Sans s'en apercevoir, les deux jeunes gens s'étaient mis à marcher côte à côte. Armand, la bouche sèche, un battement de sang aux deux tempes, cherchait vainement quelque chose à dire.

– Et alors, mademoiselle... à présent... vous allez vous promener ?

– Oh ! mon Dieu, non, monsieur. Je vais rentrer tout doucement à la maison, faire mon petit dîner... Allez ! ce ne sera pas long... Et puis on se couchera de bonne heure. Il faut que je sois levée à sept heures du matin, vous savez bien.

Armand frémit à la pensée qu'elle allait le quitter, s'éloigner, n'être plus là. Un projet, d'une audace énorme de sa part, lui traversa la pensée ; et, tout en balbutiant, pris de l'héroïsme des poltrons :

– Vous me disiez tout à l'heure, mademoiselle, que c'était bien triste pour vous de passer la soirée toute seule. Eh bien, puisque vous êtes libre... si vous vouliez me faire un grand plaisir... oh ! mais, je vous assure, un très grand plaisir... vous viendriez... dîner avec moi.

Henriette eut un étourdissement de surprise et de joie. Elle croyait rêver. Le conte de fée continuait.

– Comment ! vous voudriez, monsieur Armand ?... – et déjà une nuance d'intimité s'établissait entre eux par ce prénom d'Armand qu'elle prononçait pour la première fois. – C'est sérieusement ?... vous m'invitez à dîner ?

Il crut qu'elle allait refuser, et cette crainte l'enhardit encore.

– Mais oui. Dînons ensemble... Là, comme deux camarades... Je suis attendu chez un ami. Mais qu'importe ! Je m'excuserai. J'enverrai un mot, du restaurant... Oh ! acceptez. Vous me rendrez si heureux.

Puis il ajouta, perdant la tête :

– Vous êtes si charmante ! Je voudrais tant vous connaître mieux, devenir un peu votre ami !...

Et il osa lui offrir le bras.

Henriette le prit. Elle se sentait défaillir, et ravie, livrant aussi son secret, elle murmura :

– Quel bonheur ! Moi qui ne fais que penser à vous !

Pauvres enfants ! Depuis un quart d'heure à peine, ils pouvaient se parler librement, et déjà, dans leur sincérité naïve, ils avaient échangé leurs aveux. Ébahis et muets de bonheur, ils allaient devant eux, sans savoir où. Ils avaient atteint le boulevard Montparnasse, où circulaient de nombreux promeneurs, et les bonnes gens se retournaient avec un sourire pour suivre ce joli couple si bien appareillé, si gracieux et si jeune. Mais les amoureux n'y prenaient pas garde, absorbés qu'ils étaient dans leur joie intime. Ils se remirent à causer. Ils se rappelèrent les jours de timidité et de contrainte.

— Ainsi, c'est vrai ? demandait Armand. Vous aviez depuis longtemps un peu de sympathie pour moi ?

— C'est-à-dire, répondait Henriette, que je ne vivais plus que pour les minutes où vous traversiez le petit salon... Quand je voyais seulement le bouton de la porte qui tournait... allez ! je devinais bien si c'était vous... Oh ! si vous saviez !...

— Est-ce possible ?... Et je ne me suis aperçu de rien !

— Oh ! moi, disait alors Henriette avec une toute petite malice dans le regard, j'avais bien remarqué que vous passiez près de moi souvent.

— Et dire, reprenait Armand qui s'exaltait, que les choses auraient pu durer toujours ainsi, et que, sans notre rencontre de ce soir... Mais c'est fini, tout cela, heureusement ! C'est bien fini ! Quel bon hasard que je vous aie rencontrée !... Pour un rien, j'allais passer sans vous dire un mot. Je suis si peu hardi ! Mais j'ai vu tout de suite dans vos yeux qu'il fallait vous parler, que cela vous ferait plaisir... Nous nous connaissons, à présent, n'est-ce pas ? Et nous allons nous arranger pour nous revoir... souvent, oh ! le plus souvent possible !... et vous deviendrez ma petite amie, voulez-vous ?

Et la fillette, avec sa franchise populaire, qu'un sceptique eût prise pour de l'effronterie, mais qui semblait adorable à Armand, répondait, la voix sourde et les yeux baissés :

— Vous le voyez bien... que je veux !

VII.

Près de la gare Montparnasse, ils entrèrent au restaurant Lavenue, qu'Armand connaissait un peu pour y avoir déjeuné avec des amis de l'École de Droit, et ils s'installèrent dans le prétendu jardin, qui n'est guère planté que de candélabres à gaz et de patères à chapeaux, mais où, ce jourlà, un acacia fleuri du voisinage répandait son parfum printanier. Armand envoya d'abord, par un commissionnaire, un billet d'excuse dans la maison où il était invité, puis il commanda, ou, pour mieux dire, accepta le menu qui lui fut imposé par un maître d'hôtel plein d'autorité. Qu'importait aux deux jeunes gens la sole Joinville ou le filet Rossini ? Ils étaient assis l'un en face de l'autre, se dévorant des yeux, bavardant comme les oiseaux chantent, et, dans les phrases les plus banales qu'ils échangeaient : « De l'eau, tout plein, je vous prie », ou « Encore un peu de poisson », il y avait du désir et de la tendresse.

Armand fit causer sa nouvelle amie. Elle lui conta son humble histoire. Non, bien sûr, elle n'avait pas été élevée dans du coton. Pourtant, quand elle était toute petite, la vie n'avait pas été trop dure. Son père, – un veuf,– bon ouvrier mécanicien, gagnait un assez gros salaire et pouvait subvenir aux besoins de sa petite fille et d'une vieille sœur à lui, qui prenait soin de l'enfant. Mais, un jour, le pauvre homme était pris, déchiré dans un engrenage, mourait misérablement. Et la voilà toute seule avec sa tante, une femme de la campagne, qui n'avait pas d'état. L'ancien patron du père servait bien une petite pension à l'orpheline ; la vieille femme faisait des ménages. Mais, tout de même, on avait été bien malheureux. L'enfant, qui venait de faire sa première communion, avait dû tout de suite entrer en apprentissage, quitter l'école, où, du reste, elle n'avait pas appris grand'chose.

– Oh ! monsieur Armand, si vous voyiez mon griffonnage, et les vilaines fautes que je fais... J'en ai honte !

Et elle disait les longues années de vache enragée, le pauvre petit luxe du ménage s'en allant pièce à pièce, la pendule si souvent mise au Mont-de-Piété pour acheter un pot-au-feu, les anxiétés périodiques à l'approche du terme. Par bonheur, elle était devenue assez vite très habile dans son métier, et maintenant on avait de quoi vivre, oh ! tout juste, mais enfin on vivait. Et puis son sort allait probablement s'améliorer encore. On avait parlé d'elle à Mme Paméla, la grande couturière, chez qui il y avait une place libre ; et, dans peu de jours, demain peut-être, elle avait l'espoir d'entrer dans cette fameuse maison, où elle pourrait gagner des cent cinquante, deux cents francs par mois.

Armand l'écoutait, ému de pitié pour cette enfant qui avait déjà tant travaillé, tant souffert. A cette existence de privations, dont la jeune fille racontait les pires heures presque avec gaîté, il comparait son enfance si choyée et si facile. Il songeait que le louis dont il allait payer le dîner eût suffi jadis à Henriette et à sa tante pour vivre toute une semaine. Armand avait un excellent cœur, et des larmes lui montaient aux yeux, tandis que l'ouvrière, en son langage pittoresque et plein de détails douloureux et vrais, lui révélait les vertus d'habitude et les résignations quotidiennes du bon peuple, si vaillant, si ingénieux dans sa misère.

Le jour tombait, quand on leur servit le café. Ils sortirent du restaurant. Les flammes blêmes du gaz s'allumaient sur le couchant rouge. Quand Henriette reprit le bras d'Armand tout naturellement, avec un geste confiant et conjugal, il éprouva une sensation très douce.

Mais un cocher de Victoria, arrêtant son cheval au bord du trottoir, leur fit signe.

– La soirée est bien belle, dit l'étudiant. Si nous allions faire un tour au Bois ?

– Oh ! oui, s'écria joyeusement la grisette. C'est si bon de voir de vrais arbres !

Elle lui avoua qu'elle ne s'était pas promenée quatre fois dans sa vie, peut-être, en voiture découverte. Aussi elle s'en amusa d'abord beaucoup et bavarda comme une gamine.

La campagne ? Elle ne la connaissait pour ainsi dire pas. En été, le dimanche soir, quand il faisait beau, sa tante emportait dans un panier une bouteille d'eau rougie et quelque chose de froid, et elles allaient dîner, en respirant le « bon air », sur les fortifications.

– Mais, n'est-ce pas, disait-elle, tant qu'il y a des cloches à melons et des grands tuyaux d'usines, ce n'est pas la vraie campagne ?

Quant au bois de Boulogne, elle y avait vu des sauvages très laids, au Jardin d'Acclimatation. Il y avait trop de foule, trop de poussière, et puis, il fallait attendre si longtemps pour reprendre le tramway ! Mais, le soir, cela devait être charmant.

Ils arrivèrent, à la nuit close, au rond-point de l'Arc de Triomphe, et lorsque Henriette aperçut devant elle, sous le vaste ciel étoilé, la large et ténébreuse avenue de l'Impératrice, où d'innombrables lanternes de voitures glissaient comme d'énormes feux follets, elle poussa un long soupir d'admiration et se tut, émerveillée.

Armand se rapprocha de son amie et lui prit la main. Comme elle la retirait, il craignit d'abord une résistance. Mais Henriette se déganta, lui abandonna doucement ses deux mains nues, et, à ce premier contact, ils eurent un frisson de volupté. L'air fraîchissait, un souffle forestier qui sentait la verdure leur caressait le visage. Le roulement de toutes les voitures en marche, où le trot rythmique des chevaux mettait une cadence confuse, les berçait mollement, et ils se sentaient emportés comme par un flot. Alors le jeune homme se pencha vers l'oreille d'Henriette et murmura avec ardeur : « Je vous aime ! » Puis il chercha dans l'ombre le regard de son amie, qui se fixa sur le sien, tendre et pensif.

Henriette songeait. Cette heure était la plus exquise, mais aussi la plus grave de sa vie. Tout à l'heure, Armand la reconduirait jusqu'à sa maison, dans Vaugirard, au bout de la rue Lecourbe. La vieille tante n'était pas là ; et, s'il lui demandait de l'accompagner jusque dans son logis, elle ne dirait pas non, elle n'aurait pas la force de lui rien refuser. D'ailleurs, ce soir même, ou demain, ou plus tard, – qu'importe ! – elle allait être à lui.

Hélas ! elle ne se faisait pas d'illusions, la fille du peuple. Ce jeune homme, qu'elle jugeait à présent bien plus innocent qu'elle n'avait cru naguère, était épris d'elle, sans doute. Mais combien de temps l'aimerait-il ? Elle n'avait à lui donner que sa jeunesse et son pauvre cœur. Certainement, il aurait bientôt honte d'une amie si simple, si « ordinaire ». C'est seulement dans les contes de grand'mères que les princes Charmants épousent les Peau-d'Âne et les Cendrillons. Dût-elle même lui inspirer plus et mieux qu'un caprice, l'attacher à elle par un sentiment durable, malgré tout, il faudrait, tôt ou tard, se séparer.

C'était l'histoire de beaucoup de ses petites amies. Une, deux, trois belles années de folie avec un amant aux mains blanches, et puis, adieu pour toujours ! Non ! ce n'était pas sage, ce qu'elle faisait là. Un jour, elle serait quittée comme les autres, ses camarades d'atelier. La plupart d'entre elles, les paresseuses, les gourmandes, les coquettes, étaient devenues de « vilaines femmes ». Quelques-unes, plus raisonnables, avaient fini par se marier avec un homme de leur condition, un ouvrier vulgaire et mal embouché, qui faisait le lundi et, quelquefois, les battait.

Mais pourquoi se forger du chagrin d'avance ? Sa destinée n'était-elle pas, après tout, celle de presque toutes les pauvres filles ? La jeunesse passait comme une fleur, et puis, toute la vie à trimer ! Heureuses celles qui avaient eu un peu d'amour pas trop brutal, quelques brèves joies dans leur avril, un gentil roman ! Henriette devait même s'estimer une des plus favorisées ; car, au moins, elle était jolie, assez jolie pour plaire à ce beau jeune homme qui lui serrait les mains si fort et lui soufflait si doucement dans le cou des paroles brûlantes. Comme tout la séduisait, comme tout flattait ses délicatesses de femme, dans ce fils de famille, dans cet enfant de riche, au teint mat et pur, à la voix caressante, aux élégantes attitudes !

Il ne se doutait pas qu'il fût à ce point désiré, le maladroit débutant, l'écolier d'amour, trop content déjà de toucher cette chair, de sentir cette odeur de femme. La vierge sans ignorance vers qui montait son désir était encore plus enivrée que lui. Elle aurait voulu l'embrasser, l'étreindre, le respirer comme un bouquet. Elle se contraignit longtemps ; mais enfin, n'y tenant plus, après s'être assurée, par un regard circulaire dans l'ombre, que personne, parmi le défilé des voitures, ne les observait, Henriette posa silencieusement ses lèvres sur les lèvres du jeune homme, et les deux amants, inaperçus dans la foule nocturne, échangèrent leur premier baiser sous la solennelle rêverie des étoiles.

VIII.

Ce soir-là, Armand ne rentra chez sa mère que bien après minuit.

Il revint du fond de Vaugirard, enivré de son premier triomphe d'amour, et, par la claire nuit de mai, ses pas victorieux éveillaient les échos des rues silencieuses.

L'inoubliable soirée ! Il était encore, par le souvenir, confondu de son audace. Était-ce bien lui qui avait osé demander à Henriette de monter chez elle ? Était-ce bien lui qu'elle avait guidé, en le tenant par la main, à travers l'escalier ténébreux ?

Oh ! ce logis, il ne l'oublierait jamais. Elles étaient pourtant bien pauvres, les deux chambres au quatrième étage. Bien laide, cette salle à manger exiguë, qu'encombraient un poêle à tuyau coudé, une table ronde, une machine à coudre et le lit-canapé, replié dans un coin, de la vieille tante absente. Bien misérable aussi, le réduit de la grisette, où deux images coloriées, – Gambetta et Garibaldi, – souvenir des opinions politiques du défunt père, faisaient bon ménage avec le crucifix de cuivre et le rameau de buis flétri, suspendus au-dessus de l'étroite couchette.

Mais, dans ce taudis de misère, Armand avait vu s'ouvrir pour lui un paradis inconnu. Il en sortait ; il vibrait encore du mystère révélé, et il emportait dans ses vêtements, sur ses mains, dans sa barbe naissante, le voluptueux parfum de cette jeune femme amoureuse, qui, tout à l'heure, dans un charmant désordre, les yeux brillants de bonheur et de larmes, l'enlaçait sur le seuil pour le retenir un dernier moment et prolongeait sur sa bouche l'ardent baiser du départ.

Les amants s'étaient promis de se revoir le plus tôt possible. Mais Henriette ne pourrait plus recevoir Armand chez elle à l'avenir. En y consentant, elle avait même commis une grave imprudence. S'il ne s'était agi que d'elle, ah ! mon Dieu, elle se serait pas mal moquée des voisins et du qu'en dira-t-on. Mais sa tante allait bientôt revenir de l'asile des convalescents, rentrer au logis ; et c'était une excellente femme, qu'elle respectait et à qui elle ne voulait pas faire de peine.

Armand devait donc, sans retard, se mettre en quête d'un abri pour ses amours. Par bonheur, sa bourse d'étudiant studieux et rangé était assez bien garnie ; mais il n'en était pas moins embarrassé, dans son ignorance des ressources de Paris en pareille matière. Il prit le parti de s'adresser à l'un de ses camarades de l'École de Droit, nommé Théodore Verdier.

Cet aimable garçon, un peu plus âgé qu'Armand, avait l'habitude de le plaisanter sur ses mœurs austères, et parfois l'appelait en riant : « Mademoiselle Bernard ». Il demeurait, lui aussi, chez ses parents. Mais c'était un fils trop chéri, à qui l'indulgence maternelle laissait toute liberté, et qui, naturellement, en abusait. Déjà répandu au quartier Latin, il fumait d'innombrables cigarettes, faisait des vers selon la dernière formule décadente, paraissait à Bullier le « jour chic », était même fameux dans plusieurs tavernes style Louis XIII où des femmes trop bruyantes servaient d'exécrable bière ; et, quoiqu'il fût bien élevé et sût garder, quand il le fallait, le ton de la bonne compagnie, il avait tout d'abord éveillé chez Mme Bernard des Vignes une méfiance instinctive, et souvent elle avait dit à son fils :

– Je ne l'aime pas beaucoup, ton ami... Il m'a tout l'air d'un mauvais sujet.

Dès le lendemain de son aventure, Armand courut chez Théodore Verdier, et le trouva en train de chercher, dans le dictionnaire, une quatrième rime en « erbe » pour un sonnet inflammatoire, destiné à rendre rêveuse une forte brune du nom de Flo, – abréviation de Florestine, – laquelle embellissait, pour le quart d'heure, une petite brasserie de la rue Monsieurle-Prince, décorée dans le goût japonais et fréquentée par un groupe de jeunes poètes symbolistes.

Théodore accueillit par un joyeux éclat de rire la demi-confidence que lui fit, en rougissant, son camarade.

– Bravo ! « mademoiselle » ! s'écria-t-il. Tous mes compliments !... Tu tombes bien, d'ailleurs. Mon avant-dernière maîtresse était précisément en puissance de jaloux, et si notre asile d'autrefois – quartier lointain, maison discrète – est encore disponible, c'est absolument ce qu'il te faut. Allons voir ça.

C'était une chambre assez vaste, propre, suffisamment meublée, où l'air et la lumière pénétraient par deux fenêtres donnant sur une des larges avenues qui environnent les Invalides, « une chambre d'officier supérieur », suivant l'expression de la logeuse qui avait souvent affaire à des militaires. Sur le conseil de Théodore, Armand fit enlever de la muraille un affligeant « chromo » représentant M. Thiers désigné, par trois cents bras de députés, comme le libérateur du territoire ; il donna l'ordre d'ajouter au mobilier, afin de le rendre plus intime et plus confortable, deux lampes, un tapis, quelques plantes vertes ; puis, ayant payé le premier mois d'avance et après avoir remercié son ami avec effusion, il rentra chez lui, ravi de s'être assuré de ce gîte.

La concierge lui remit la première lettre d'Henriette.

Bonne nouvelle ! Elle venait d'obtenir l'emploi qu'elle désirait chez Paméla, la grande couturière ; elle y entrerait dès le lendemain, mardi. – Ce qu'elle ne disait pas, c'est qu'elle était bien contente aussi de n'avoir plus à reparaître chez Mme Bernard, car elle n'aurait pu revoir la mère d'Armand sans mourir de honte. – Si, à huit heures et demie du soir, quand elle sortirait de l'atelier, Armand était libre, elle le rejoindrait sous les arcades de la rue de Rivoli, devant l'Hôtel Continental. La lettre finissait par quelques mots d'amour et de caresse qu'Armand lut avec un délicieux battement de cœur et sans se soucier, croyez-le bien ! de l'orthographe indépendante et de l'écriture de nourrice.

Armand sortait rarement le soir. Pour que sa mère ne s'étonnât point de le voir changer d'habitudes, il mentit, hélas ! pour la première fois de sa vie, inventa le prétexte d'une conférence, d'une réunion d'étudiants ; et, le lendemain, il fut exact au rendez-vous.

Henriette avait passé toute la journée à travailler dans le célèbre atelier de la rue Castiglione, que connaissent bien les élégantes. Mais, dès que le repas fut terminé, – les ouvrières étaient nourries, – elle eut bien vite, en deux temps trois mouvements, plié sa serviette, mis son chapeau, dit bonsoir à tout le monde, et, filant comme une hirondelle, elle s'enfuit sous les arcades. Armand l'attendait depuis un quart d'heure. Elle reconnut de loin sa mince silhouette. Et tout de suite, bras dessus, bras dessous, unissant leurs mains, se touchant le plus possible, ils partirent, légers comme en rêve, vers leur nid d'amour.

Pendant une quinzaine, ils se retrouvèrent ainsi presque tous les soirs et ils vécurent des heures enchantées.

Comme ils s'aimaient ! Comme ils s'aimaient bien ! Oh ! certes, avec la joie et la folie de leurs jeunes sens, avec de rapides voluptés de colombes. Mais si tendrement aussi ! Pour Armand, Henriette n'était pas seulement la Femme, la Chimère qui incendie de son vol de flamme les rêves de tous les adultes, et qu'il avait enfin saisie et conquise. Elle était déjà la bien-aimée, la seule aimée, celle qu'on évoque, quand on est loin d'elle, seulement en fermant les yeux, celle dont le souvenir à toute heure vous poursuit, vous possède, vous court dans le sang et vous enveloppe le cœur. Tout émouvait l'étudiant, tout le touchait dans la personne de sa chère maîtresse. A ses ardeurs de jeune coq, à l'enthousiasme de ses désirs devant ce corps féminin, si frêle et si pur, où flottait encore une grâce d'enfance, s'ajoutait un sentiment d'une profonde douceur, fait de reconnaissance et de généreuse pitié, pour cette vierge naïve et désintéressée, sans calcul et sans défense, qui lui avait donné, dès le premier sourire, comme on donne une rose, son unique trésor, la fleur de ses vingt ans. Et il se jurait, le droit et honnête enfant, de l'aimer pour toute la vie.

Quant à Henriette, elle s'abandonnait à son amour avec cette précieuse faculté de ne vivre que pour l'heure présente, avec cette insouciance pleine de sagesse, privilège des simples et des ignorants. Le jour, l'inévitable jour où elle serait séparée d'Armand, eh bien, il n'y aurait plus au monde de bonheur pour elle, voilà tout ! En attendant, elle en jouissait éperdument, de ce bonheur. Et il était tel que, parfois, cela lui semblait trop beau. C'était comme un objet d'un grand prix, qu'on lui aurait mis dans la main, mais dont elle eût ignoré l'usage. Pauvre fille ! elle restait stupéfaite comme un mendiant à qui l'on ferait l'aumône d'une étoile.

Adorée comme la plus chérie des maîtresses, elle gardait la soumission craintive de l'esclave. Pendant plusieurs jours, elle n'avait pu se décider à tutoyer son amant. Il l'en plaisantait avec gaîté, et c'était pour lui un plaisir exquis que les maladroits essais d'Henriette pour devenir plus familière. Quand, dans un moment d'expansion, elle lui avait donné un nom d'amitié un peu vulgaire, quand elle avait lâché un « mon chéri », ou même un « mon trésor », qui sentait le faubourg et qu'Armand trouvait pourtant très doux, elle était soudain prise de honte et se jetait sur la poitrine du jeune homme ou le baisait dans le cou, afin de lui cacher sa rougeur. Elle avait si peur de n'être pas assez « comme il faut » pour lui ! Malgré la possession, elle savait bien qu'elle n'était pas son égale. Bien souvent elle lui prenait doucement la main, sa fine et nerveuse main d'aristocrate ; elle la considérait longuement, avec la sensation de toucher quelque chose de très rare, d'extraordinaire, et elle finissait toujours par la porter à ses lèvres et par y lettre un délicat, un respectueux baiser.

Et, la voyant si humble, si timide, si désarmée devant la vie, l'adolescent d'hier, dont elle avait fait un homme, songeait, avec une fierté attendrie, que cette faible créature était à lui, dépendait de lui, et que c'était désormais son devoir de la défendre et de la protéger.

Comme ils s'aimaient ! Qu'ils étaient heureux ! Pour augmenter leur enivrement, le hasard permit que leur jeune idylle eût pour milieu et pour décor de sublimes nuits d'été, où le sombre azur découvrait ses profondeurs infinies, où, parmi des fleuves de lait lumineux, les planètes brillaient comme des phares, où les astres développaient leurs légions étincelantes.

Vers onze heures, les deux amants sortaient de leur asile secret, et Armand reconduisait Henriette du côté de son logis, par les boulevards de la banlieue, larges et vides. L'air était tiède, les longues files d'arbres, en pleine frondaison, exhalaient une odeur fraîche. Le dôme des Invalides, d'un bleu sombre, et dont brillaient vaguement les écailles d'or, se dressait pompeusement dans le ciel. Sauf la rumeur de la grande ville, entendue au loin comme un bourdonnement d'abeille, quel silence ! Enlacés, marchant à pas très lents, délicieusement las, les amoureux s'avançaient dans les solitudes. La plénitude de leur bonheur était telle qu'ils croyaient que toute la nature devait s'y associer ; et, quand ils s'arrêtaient pendant un moment, il leur semblait que tout ce qui les environnait, les grandes avenues, les hauts édifices, les profonds feuillages et le Zodiaque épanouissant ses fleurs de lumière, poussaient en même temps qu'eux un immense soupir de joie et de volupté.

IX.

C'est à ce beau rêve qu'Armand venait d'être brusquement arraché.

Sa mère savait tout, sa mère admirable, qu'il aimait de tout son cœur, mais dont il connaissait bien le caractère jaloux, les sentiments despotiques et passionnés. Il eut la prévision que ce serait terrible, qu'il allait souffrir et faire souffrir.

En effet, la lutte s'engagea tout de suite.

Un peu avant l'heure du dîner, Armand, selon son habitude, alla rejoindre sa mère dans son boudoir. Il y entra, pour la première fois, ce jour-là, les yeux baissés, le front lourd, le cœur plein d'angoisse et de confusion. Mais, lorsqu'il vit Mme Bernard assise à sa place ordinaire, devant son canevas de tapisserie, il revécut, dans un éclair d'imagination et de mémoire, toute son heureuse enfance ; et, ne pouvant supporter l'idée qu'il y avait un obstacle, un rempart entre sa mère et lui, et qu'il n'était plus le fils unique et bien aimé d'autrefois, il s'élança vers elle, les bras tendus, les mains tremblantes, avec un regard qui demandait pardon.

Mais elle l'arrêta d'un geste bref, d'un geste de refus, et lui jeta un « non, je t'en prie », qui rappela le jeune homme à la douloureuse réalité et lui glaça le sang dans les veines.

Le domestique ayant annoncé que le dîner était servi, ils passèrent dans la salle à manger et se mirent silencieusement à table.

Ce repas du soir avait toujours été pour eux un bon moment. Ils y parlaient des menus faits du jour, faisaient des projets pour le lendemain, se reposaient en une douce et confiante causerie. Mais, ce jour-là, deux convives invisibles, la colère et la honte, avaient pris place à la table de famille. Le fils et la mère touchèrent à peine aux plats qu'on leur servit, et ne s'adressèrent pas une parole.

Ils revinrent au boudoir, où deux lampes, allumées trop tôt, brillaient faiblement dans le crépuscule triste des longs jours ; et quand le domestique, après avoir servi le café, les eut laissés seuls, Mme Bernard rompit brusquement le silence et dit à son fils, d'une voix amère :

– Tu vas, ce soir, à ta conférence, n'est-ce pas ?

Il avait, en effet, rendez-vous avec Henriette, et, rougissant dans l'ombre, il ne sut que balbutier, dans son trouble :

– Ma mère !...

Alors, Mme Bernard éclata.

– Va, s'écria-t-elle en tremblant d'indignation, va retrouver ta maîtresse ! Désormais, pour cela, tu n'auras plus besoin de mentir. Car tu m'as menti, tu m'as indignement trompée ! Ah ! cela commence bien, tes amours ! Cette fille t'a déjà fait commettre une bassesse. Je frémis en me demandant ce que cette malheureuse fera de toi, et jusqu'où elle pourra te mener. Va la retrouver, mon garçon. Je ne te retiens pas.

Mais elle s'interrompit en entendant son fils qui sanglotait.

– Tu pleures ! dit-elle d'une voix plus douce.

Il se jeta à ses pieds, lui couvrit les mains de baisers et de larmes.

– Pardonne-moi, ma mère chérie, murmura-t-il. Pardonne-moi, maman, de te faire de la peine... Mais, si tu savais !... Je l'aime !...

Ce mot arrêta net, chez Mme Bernard, l'attendrissement qui commençait à la gagner.

– Tu l'aimes ! dit-elle, – et son accent vibrait d'une farouche ironie, – tu aimes ma couturière ! Mais, malheureux enfant, ce n'est pas sérieux. Tu es fou !... J'avais espéré, oui, j'avais eu la niaiserie de croire que tu passerais purement et fièrement ta première jeunesse, jusqu'au jour où je t'aurais marié à quelque belle jeune fille. Cela, c'était mon illusion, je l'avoue, et tu la brises bien cruellement. Pourtant, je n'étais pas déraisonnable. J'étais prête à comprendre, à excuser un entraînement, un coup de passion. Vingt ans sont vingt ans, je le sais bien... Mais toi ! toi ! suivre le premier jupon venu ! Faire attention à cette ouvrière, si commune, à peine jolie ! Vraiment, je t'aurais cru plus dégoûté !... En voilà assez ! Je compromettrais ma dignité de mère et d'honnête femme à parler plus longtemps d'une telle turpitude. Avec ta permission, nous n'ouvrirons plus la bouche sur ce sujet. J'ai même eu tort de m'emporter, de te faire des reproches. Laisse-moi espérer que tu ne tarderas pas à t'en adresser toi-même, et de plus sévères que les miens... Une drôlesse pour qui j'ai eu de la bonté ! Une misérable petite intrigante que j'avais protégée, attirée chez moi, et qui débauche mon fils !... Non ! Armand, ce n'est pas sérieux. Tu ne sais ce que tu dis. Et bientôt, demain peut-être, quand tu auras un peu réfléchi, quand ton détestable caprice aura passé, tu rougiras d'avoir osé me dire que tu aimais cette fille !

Comme elle s'y prenait mal, la pauvre femme ! Comme elle avait tort d'offenser son fils dans son amour ! Déjà, il n'était plus à ses genoux, il ne pleurait plus sur ses mains, avec des cajoleries de petit enfant. Tout frémissant, il s'était relevé, et, respectueux, mais les yeux secs, la voix enrouée :

– Je t'en supplie, ma mère, lui disait-il, ne parle plus ainsi ! Tu ne connais pas la pauvre fille, tu es injuste pour elle !... Et, puisque je ne puis la défendre qu'en t'avouant tout... sache donc... que je suis le premier...

Mais il ne put achever sa phrase. Mme Bernard venait d'éclater d'un rire insultant, épouvantable. Puis, se redressant de toute sa taille, hautaine, impérieuse, le regard noir et méchant :

– Plus un mot là-dessus, ordonna-t-elle, entendez-vous, mon fils ? – Et ce « vous », qu'elle lui disait pour la première fois, frappa le jeune homme comme un coup de couteau. – Plus un mot là-dessus ! Je vois que vous êtes encore plus dupé, plus aveuglé que je ne supposais. Gardez pour vous vos confidences, et laissez-moi. Cette demoiselle vous attend, sans doute, et un gentleman ne doit jamais être en retard.

Et laissant Armand prostré de douleur, Mme Bernard s'enfuit dans sa chambre à coucher.

Elle y resta assez longtemps, dans les ténèbres. Elle sentait monter, gronder, dans son cœur et dans son cerveau, un soulèvement de colère, une tempête de haine contre cette Henriette, contre cette femme de rien qui lui avait pris l'innocence et aussi, croyait-elle, l'amour de son fils. A présent, elle revoyait par le souvenir le joli profil de l'ouvrière, son air de réserve, sa grâce naturelle. Non ! cette petite n'était ni laide, ni vulgaire. Elle pouvait plaire, être aimée. Cette pensée remplissait de rage la mère au cœur exigeant, la veuve autrefois dédaignée par son mari. Elle détestait Henriette comme une ennemie, comme une rivale.

Alors, pendant quelques instants, Mme Bernard des Vignes, la femme pieuse et bien élevée, qui avait vécu dans le monde et brillé jadis à la cour, redevint la sauvage paysanne des maquis de Sartène, la fille du vieil Antonini, et sentit courir dans ses veines le sang corse, le sang brûlé de rancune et prompt à la vendetta. Si, par impossible, elle avait vu paraître à ses yeux, en ce moment, la maîtresse de son fils, elle se serait jetée sur elle comme une bête furieuse ; et lui aurait balafré le visage d'une croix au stylet.

Ce désir affreux la réveilla en sursaut, pour ainsi dire. Elle le chassa avec horreur, eut dégoût et pitié d'elle-même. Puis elle pensa tout à coup à son fils avec une soudaine indulgence, une faiblesse toute maternelle. Elle avait été trop sévère. Il faut que jeunesse se passe. Son Armand était bon, l'aimait, malgré tout. Quand même il aurait un petit sentiment pour cette Henriette, cela ne pouvait durer. D'ailleurs, jamais elle n'admettrait qu'Armand eût été le premier amant de cette fille. Une ouvrière en journées, allant où elle veut, sortant quand elle veut ! A Paris ! Allons donc ! Son fils se lasserait vite d'une pareille liaison. Les goûts, les habitudes de cette faubourienne le choqueraient tôt ou tard.

Qui sait ? C'est peut-être déjà fait. Et puis, n'est-il pas capable de sacrifier ce caprice au repos de sa mère ? Mais oui, cent fois oui ! Peut-être y songe-t-il déjà ? Peut-être, tandis qu'elle se désole, est-il encore là, à deux pas d'elle, dévoré de regrets, le pauvre enfant ! et prêt à promettre, à jurer que c'est bien fini ?

Grisée de cette subite espérance, elle retourne, elle court à son boudoir. Armand n'y est plus. Et comme le domestique arrive, apportant les journaux du soir :

– Monsieur Armand est donc sorti ? demande-t-elle, espérant qu'on lui dira non, qu'il est encore à la maison, qu'il vient de rentrer dans sa chambre.

– Oui, madame, lui répond la voix froide du laquais. Monsieur Armand est sorti, il y a un quart d'heure.

Profondément découragée, Mme Bernard se laisse tomber alors sur sa chaise longue et s'abandonne au fil de sa tristesse. Il lui semble – et c'est une sensation presque physiquement douloureuse – que quelque chose s'est écroulé et brisé dans son cœur. Sur le panneau, devant elle, elle regarde machinalement son propre portrait en grande toilette de bal, que, pendant sa courte lune de miel, son mari a fait peindre autrefois par Dubufe. Et, dans le tableau baigné d'ombre, elle voit se dresser le spectre de sa jeunesse et de sa beauté. Pourquoi donc lui passe-t-il par la tête, le prélude de cette valse de Strauss, qu'on jouait le jour où son père l'a présentée au bal des Tuileries ?...

Allons ! du courage ! Il faut secouer cet accablement, penser à autre chose. Elle fait sauter la bande d'un journal, le déplie, mais, sur la première page, un nom lui saute aux yeux, un nom qui la fait tressaillir.

Le colonel de Voris, qui est actuellement au Tonkin, où il commande une des colonnes du corps expéditionnaire, vient d'être nommé général, à la suite d'une série de brillants faits d'armes contre les Pavillons-Noirs.

M. de Voris ! Comme elle a été dure pour ce noble soldat, pour ce parfait gentilhomme ! Elle se rappelle sa longue fidélité, sa respectueuse attente. C'est le seul homme qui se soit autant approché de son cœur. Et pourtant, à cause d'Armand, elle l'a repoussé, exilé loin d'elle. Qu'est-il allé chercher sous ce climat meurtrier, dans cette guerre obscure et sans gloire ? L'oubli, peut-être la mort. Un de ces jours, – oh ! c'est affreux ! – elle apprendra que ce héros qui l'a tant aimée est mort là-bas dans les fétides marécages, lentement consumé par la fièvre, ou bien qu'il a été hideusement torturé et mutilé par les hommes jaunes. Et ce sera sa faute, à elle ! Car c'est elle qui a désespéré M. de Voris, pour se dévouer toute à ce fils ingrat qui l'abandonne aujourd'hui.

Ah ! cruel enfant !

Elle touche le fond de la mélancolie. Elle a laissé tomber le journal sur le tapis. Devant elle, dans la demi-obscurité qui le transfigure, le grand portrait la regarde avec des yeux tristes et sévères, semble pleurer sur elle et lui reprocher d'avoir ainsi perdu, gâché sa vie. Au dehors, la grande ville, qui ne s'endort jamais, pousse son éternel murmure. Et Mme Bernard revient encore à son idée fixe. A cette heure, quelque part dans ce grand Paris, son fils est dans les bras d'une maîtresse, d'une femme qu'il aime mieux qu'elle. Et, se cachant tout à coup le visage dans ses mains, la pauvre mère pleure à chaudes larmes.

Hélas ! hélas ! C'est la loi de nature. Le petit oiseau a pris des forces, ses plumes ont poussé, ses ailes frémissent. Impatient de liberté, il se penche au bord du nid, et, malgré les petits cris de sa mère éperdue, il s'envole, il s'est envolé !

X.

Des jours, des semaines ont passé, et la douloureuse situation reste le même entre Mme Bernard et Armand.

En apparence, ils ont fait la paix. La seconde fois qu'elle l'a vu revenir vers elle, les bras ouverts, elle n'a pas eu le cœur de le repousser. Ils se donnent le baiser du matin et du soir. Mais, pour l'un comme pour l'autre, ce baiser est maintenant un supplice. Elle ne peut se défendre d'un frisson de répugnance au contact des lèvres de son fils, pourtant si fraîches sous la barbe légère. Elle croit y trouver, elle y trouve le goût des caresses de « l'autre », de cette femme qu'elle hait tant. Parfois, elle a besoin de se contenir pour ne pas s'essuyer la figure. Quant à lui, lorsqu'il embrasse sa mère, il ne sent plus la bonne et cordiale chaleur d'autrefois sur ce pâle visage, sur cette joue insensible qu'on lui présente d'un air contraint, presque résigné.

Mme Bernard ne parle plus à son fils de sa liaison. Elle ne prononce jamais le nom d'Henriette. Pourquoi ? Par pudeur de femme, par fierté maternelle ? Par politique aussi, peut-être. Elle craint d'irriter le jeune homme, d'augmenter encore la désunion qui s'est mise entre eux ; elle estime plus sage de se taire, de prendre patience. Elle ne lui parle jamais de ses amours ; mais il devine, il sait qu'elle ne pense qu'à cela, qu'elle y pense sans cesse, et dans les moindres paroles de sa mère il soupçonne un double sens, une allusion, croit découvrir une plainte ou une ironie.

Un moment est surtout pénible. C'est le soir, après le dîner, à cette même heure où ils ont eu leur première explication. Mme Bernard s'assied à son éternelle tapisserie, et, sans lever les yeux de son ouvrage, elle dit à Armand d'une voix étouffée, où il y a de la crainte et de la prière :

— Tu sors ?...

Le plus souvent, il répond doucement :

— Non, maman.

Car il a espacé ses rendez-vous avec Henriette. Oui, il a eu ce courage. Il a donné pour raison à son humble amie, qui consent à tout, accepte tout, les études de droit négligées depuis quelque temps à cause d'elle, un examen à préparer. Mais Mme Bernard semble ne savoir aucun gré à son fils de cette concession, qu'il juge héroïque cependant, et elle a l'air de trouver tout simple qu'il reste au logis.

D'ailleurs, ils n'ont plus rien à se dire, ils échangent des paroles quelconques sur des choses insignifiantes. C'est un effort, une peine même, que cet entretien d'où la confiance est bannie.

Au bout d'une demi-heure, Armand finit par dire :

– Adieu, maman, je vais travailler.

Elle lui tend sa joue de marbre, et il se retire, plein d'ennui, dans sa chambre.

Mais, comme Henriette est occupée tout le jour chez Paméla, il ne peut la voir que dans la soirée ; et, bien des fois, à la redoutable question : « Tu sors ? » il est obligé de répondre : « Oui ». Sa mère pousse alors un soupir qui le crucifie, et il s'en va sachant qu'il la laisse solitaire et désolée, et s'accusant d'être un mauvais fils.

Le pauvre enfant n'était qu'un amoureux. Dès qu'il arrivait au rendez-vous, dès qu'il apercevait Henriette accourant vers lui sous les arcades et souriant de loin, – ah ! il faut bien le dire, – tout était oublié. Il ne vivait plus que pour les heures adorables qu'il passait auprès de sa jeune amie. Tout d'abord, pour ne pas l'inquiéter, il ne lui avait rien dit de son dissentiment avec sa mère. Mais deux amants vraiment épris peuvent-ils garder longtemps un secret l'un pour l'autre ? Un jour qu'Armand avait le cœur trop gros, il confia tout à Henriette.

Elle fut consternée. Entre elle et Mme Bernard la lutte lui semblait trop inégale. Elle se rappelait avec terreur cette mère imposante, cette belle dame aux yeux sévères, qu'elle avait offensée, après tout, et qui devait avoir tant de moyens de ramener son fils à l'obéissance et de la vaincre, elle, la pauvre petite. Certes, Armand protestait de sa constance, lui jurait de l'aimer toujours, malgré tous les obstacles. Néanmoins, il ne parlait jamais de sa mère qu'avec une grande tendresse, un respect profond. Elle aurait toujours sur lui beaucoup d'influence, finirait, un jour ou l'autre, par le décider à une rupture. A cette pensée, Henriette se sentait mourir. Ne plus voir Armand ! le perdre ! Mais ce serait, pour elle, comme si on éteignait le soleil !

Cependant elle cachait ses craintes, s'efforçait de ne jamais montrer à son amant qu'un visage joyeux. Puis, il était si bon, si aimant. Peu à peu, elle se rassura. Enfin, une épreuve décisive – l'absence – lui permit de mesurer l'étendue de son pouvoir sur le cœur d'Armand.

On était au commencement du mois d'août. L'étudiant venait de subir avec succès son deuxième examen de droit, et l'époque était venue où Mme Bernard des Vignes et son fils devaient, comme tous les ans, aller passer trois mois aux Trembleaux, propriété considérable qu'ils possédaient dans la Mayenne.

Les deux femmes attendaient avec anxiété l'heure de cette séparation. C'était pour la mère un motif d'espérance, pour la maîtresse un sujet d'inquiétude.

– S'il l'oubliait ? songeait l'une, dans une minute de sombre joie.

– S'il m'oubliait ? se disait l'autre, le cœur soudain gonflé d'un sanglot.

Armand avait doucement préparé Henriette à ce départ. C'était aussi cruel, aussi dur pour lui que pour sa maîtresse de renoncer aux haltes délicieuses dans le réduit d'amour, aux chères promenades à deux dans l'hospitalière bonté des nuits d'étoiles. Et comme il serait long, cet exil ! Mais le fils soumis ne pouvait se dispenser d'accompagner sa mère, et, après une soirée d'adieux où furent échangées d'ardentes promesses et versées de bien douces larmes, il dut partir.

Oh ! comme elle s'ennuie, comme elle est triste, la pauvre Henriette, dans ce Paris sec et brûlé de la canicule, aux rues presque vides, aux maisons muettes et aveugles ! Qu'elle est monotone, qu'elle est fastidieuse, cette interminable journée de travail dans l'atelier à l'atmosphère de bain russe, où les ouvrières en sueur chantonnent ensemble, à demi-voix, une bête et traînarde romance de café-concert ! Aujourd'hui pourtant, la grisette n'a plus hâte de s'en aller, après le repas du soir. Personne ne l'attend sous les arcades. Où donc est son « chéri », à présent ? Que fait-il ? Pense-t-il à elle ? Pour regagner sa demeure, elle prend encore par le plus long, par le chemin qu'elle suivait au bras d'Armand, par leur chemin. Mais il a perdu tout son charme. Elle les trouvait si beaux, naguère, dans le soleil couchant, le décor triomphal de la place de la Concorde, le grand fleuve coulant sous le pont monumental, la vaste esplanade dominée par le gigantesque casque d'or des Invalides ! Ce n'est plus qu'une fatigue pour elle, maintenant, ce long chemin à faire.

A la nuit tombante, elle passe devant la maison où elle a vécu les seules belles heures de son existence. Elle s'arrête un instant, lève les yeux sur les volets fermés de leur chambre. Ah ! les âmes du Purgatoire doivent avoir ce regard-là devant la porte close du Paradis ! Il lui semble qu'il y a une éternité qu'Armand est parti, et cependant – oui, elle compte sur ses doigts – cela fait seulement huit jours. Quand remonteront-ils encore tous deux, en s'embrassant, l'escalier obscur ? Quand s'enfermeront-ils à double tour dans « la chambre de l'officier supérieur », comme le disait Armand par plaisanterie, en répétant le mot de la logeuse ? Quand reverra-t-elle le meuble de velours rouge, revêtu d'ornements au crochet, et le Galilée de la pendule qui indique une sphère terrestre de son doigt de zinc doré ? Quand reconnaîtra-t-elle, sur la muraille, dans leurs cadres piqués des mouches, la Veille d'Austerlitz et les Adieux de Fontainebleau ?

Puis, comme les becs de gaz s'allument, elle se remet en marche. Parfois, un jeune lieutenant en bourgeois, qui vient du côté de l'École militaire et descend dans Paris en quête d'amour, ralentit le pas en croisant cette gentille Parisienne ; mais, quand il voit ses yeux si tristes, il passe outre, sans tenter l'aventure. Et Henriette continue son chemin par les avenues désertes, où le souffle chaud du vent d'orage fait courir et voltiger autour d'elle les premières feuilles sèches, les feuilles mortes si mélancoliques du précoce automne de Paris.

Elle s'étiolerait, elle finirait par tomber malade de chagrin, si, toutes les semaines, elle ne recevait une lettre d'Armand. Il ne peut la lui adresser chez elle, à cause de la vieille tante. Mais, chaque dimanche, Henriette, qui est libre ce jour-là, court chercher sa lettre, sa chère lettre, à la poste restante, devant le Petit-Luxembourg, et va bien vite la lire dans le jardin. Ah ! les calicots endimanchés qui se promènent de ce côté-là peuvent se montrer en riant cette jolie fille, absorbée dans sa lecture. Henriette se soucie bien d'eux ! Marchant lentement sous les marronniers à demi dépouillés, le long des terrasses florentines, devant des reines de marbre, elle lit, elle relit vingt fois les quatre pages où l'absent bien aimé a répandu toutes ses tendresses. C'est son soutien, son viatique, à la pauvre fille, cette lettre dont chaque mot lui caresse le cœur. Elle la gardera dans son corset toute la semaine, et la relira, chaque soir, avant de s'endormir.

La grosse affaire, par exemple, c'est de répondre. Du Luxembourg, Henriette retourne chez elle, et, dans l'après-midi, pendant que la tante est aux vêpres, elle s'installe sur un coin de la table à manger, dispose le papier, la petite bouteille d'encre, choisit une plume neuve, la mouille entre ses lèvres, puis tombe dans une rêverie et ne sait que dire. Elle n'a plus tant de honte, à présent, de sa grosse écriture et de ses fautes d'orthographe. Armand lui a dit tant de fois qu'il les aimait, qu'il aimait tout ce qui venait d'elle ! Mais, comme lui, elle ne saura jamais inventer ces jolis mots, ces mignonnes façons de dire : « Je t'aime ! » Aussi les premières lignes de sa réponse sont toujours maladroites, embarrassées. Mais bientôt elle se laisse entraîner par son sentiment, elle écrit à son amoureux comme s'il était là, comme si elle lui parlait ; et alors, au hasard de la plume, sans s'en douter, elle rencontre de saisissantes images, de charmantes trouvailles de style. Ainsi, – un jour qu'elle veut rassurer Armand, qui, presque jaloux dans son exil, lui a demandé avec inquiétude : « Es-tu vraiment bien à moi ? » – elle répond, éloquente de passion : « Je suis à toi, mon bien-aimé, comme un couteau que tu aurais dans ta poche, bon pour tuer un homme ou pour éplucher un fruit ».

Comme elle serait heureuse, si elle savait à quel point, là-bas, aux Trembleaux, Armand languit et souffre d'être privé d'elle ! Car le fidèle enfant, lui aussi, compte les journées et les heures. C'est à cause d'Henriette qu'il s'isole, qu'il refuse autant que possible d'aller aux fêtes des châteaux voisins, où sa mère voudrait qu'il parût. C'est avec le souvenir de sa chère petite amie qu'il s'enferme dans la vieille bibliothèque et marche de long en large devant les rayons poudreux, ou qu'il erre, pendant des après-midi entières, sous les hêtres solennels du grand parc. C'est parce que Henriette est loin qu'il n'aime plus ce beau paysage et cet ancien logis, qui lui rappellent pourtant les plus doux souvenirs de son enfance ; c'est parce que Henriette est absente que le gracieux château de la Renaissance, dont l'élégante façade se mire dans un étang où nagent deux cygnes, semble à Armand lugubre et morne comme une prison ceinte de fossés.

Quant à Mme Bernard des Vignes, elle est toujours malheureuse et troublée. Armand est pour elle plein d'égards, mais elle sent qu'il pense toujours à sa maîtresse, que cette séparation n'a rien changé à l'état de son cœur, que l'ennemie n'est pas vaincue. La mère jalouse en est désespérée. Plusieurs fois, en causant avec son fils, elle a essayé d'aborder de nouveau ce pénible sujet, d'y faire au moins allusion. Mais Armand s'est alors enfermé dans un silence respectueux et sournois, a seulement rougi et baissé les yeux.

Cependant septembre a rempli les vergers de fruits mûrs. Les raisins se sont dorés sur les treilles. Octobre arrive avec ses brumes matinales. Il passe, il s'écoule. Déjà les arbres ont des feuilles jaunes. Puis, un matin, voici les pluies de la Toussaint, les pluies d'automne, lourdes et froides.

Mme Bernard n'a plus de raisons à donner à son fils pour le retenir davantage à la campagne. Les cours de l'École de Droit vont rouvrir. Il faut revenir à Paris, rentrer dans l'appartement du quai Malaquais.

Et, dès le lendemain du retour, la lutte sourde recommence.

On vient de se lever de table ; Mme Bernard s'assied à sa tapisserie.

– Tu sors ?

– Oui, maman.

Son fils est toujours l'amant de cette Henriette !... Oh ! comme elle la hait !

XI.

Mais il s'agit bien d'amour aujourd'hui. Armand est malade, gravement malade ! Armand est en péril de mort !

Cela lui a pris, six semaines après son retour à Paris. Mme Bernard se rappelle parfaitement que, depuis quelques jours, il avait l'air inquiet, excité. Il a commencé par se plaindre de migraines, par porter à chaque instant sa main à son front, comme s'il lui devenait par trop pesant.

– Qu'est-ce que tu as donc ? lui disait sa mère effrayée. Tu as trop de couleurs... Je n'aime pas cela... Ce n'est pas naturel.

Mais il répondait insoucieusement : « Bah ! cela se passera », secouait sa belle chevelure comme pour chasser le mal, et, malgré les observations réitérées de sa mère, continuait à sortir le soir pour aller retrouver cette Henriette, – oh ! cette fille ! – et cela par la boue humide, par le temps pourri de décembre.

Enfin, l'autre matin, – n'était-il pas encore rentré à plus de minuit, le malheureux enfant ? – il a sonné Louis, le valet de chambre, dès le petit jour, et il lui a dit, en parlant avec effort :

– J'ai passé une mauvaise nuit... Je ne suis pas bien, décidément... Allez chercher ma mère... J'ai soif, j'ai la fièvre... Oh ! comme ma tête me fait mal.

Aussitôt prévenue, Mme Bernard a passé un peignoir à la hâte et est accourue auprès de son fils. Il avait le visage très rouge, le front brûlant, et il grelottait sous les couvertures, claquant des dents, secoué de continuels frissons.

La fièvre typhoïde ! Si c'était la fièvre typhoïde ! En ce moment, elle est à Paris, à l'état épidémique. Mme Bernard a lu cela dans les journaux, elle s'en souvient maintenant. Et l'affreuse maladie s'attaque surtout aux très jeunes gens, est particulièrement redoutable pour les personnes affaiblies. Si c'était cela ? Seigneur, mon Dieu ! Si c'était cela ?

Mme Bernard se pend aux sonnettes. La maison est sens dessus dessous.

– Léontine ! crie-t-elle à la vieille femme de charge qui arrive en boutonnant son corsage. Léontine, vite, sautez dans un fiacre !... Allez chercher le docteur Forly. Qu'il vienne tout de suite, tout de suite !

Et elle reste là, impuissante, ne sachant que faire, regardant son fils qui se cache la tête dans l'oreiller et pousse de gros soupirs de souffrance.

Enfin, au bout d'un quart d'heure, Léontine reparaît, suivie du médecin de la famille, qu'elle a eu la chance d'attraper juste au moment où il montait en voiture pour aller à son hôpital.

C'est un vieux praticien aux façons méthodiques et un peu surannées, qui écrit solennellement en tête de ses ordonnances : « Je conseille », et qui ne manque pas de terminer ses formules par les trois lettres cabalistiques M.S.A. (misce secundum artem). Mais il est fameux pour la sûreté de son diagnostic, pour son coup d'oeil médical.

Il s'assied auprès du lit en ôtant ses gants avec lenteur, tâte le pouls du malade, l'examine, l'interroge, puis il se lève, en déclarant d'une voix cordiale :

– J'en ai vu bien d'autres. Nous viendrons bien à bout de ça.

Mais sa bonne humeur sonne faux, et dès qu'il a tourné la tête, Mme Bernard a vu qu'il fronçait le sourcil. Haletante, elle l'entraîne dans la chambre voisine.

Oh ! l'horreur ! C'est bien ce qu'elle redoutait ! C'est la fièvre typhoïde ! Le vieux et prudent médecin est forcé de l'avouer à Mme Bernard, dans l'intérêt du malade, pour qu'on ne néglige aucune précaution. Et la maladie, ajoute-t-il, se déclare avec une extrême violence. Puis il rédige ses prescriptions et promet de revenir dans quelques heures.

Et, depuis dix jours, dix épouvantables et mortels jours, la fièvre augmente, le malade s'affaiblit. Et le petit thermomètre que sa mère lui met d'heure en heure sous l'aisselle, – oh ! le pauvre enfant ! le moindre mouvement l'épuise ! – l'impitoyable thermomètre marque toujours d'effrayants degrés de température. Trente-neuf ! Quarante ! Quarante et un ! Et, au delà, ce sera la mort ! Mais ces médecins sont donc tous des ânes bâtés ! Ils ne peuvent donc rien ! Jusqu'à ce docteur Forly, en qui Mme Bernard avait toute confiance ! S'il se trompait, pourtant ? S'il manquait de prudence, – ou d'énergie ? Il revient à présent plusieurs fois par jour, le docteur, et il a toujours l'air plus sombre, et il ordonne son éternel sulfate de quinine. Des doses énormes ! Si c'était trop, – ou pas assez ? Ce traitement par les bains glacés dont on parle tant, qui a fait des miracles, à ce qu'il paraît, pourquoi le docteur Forly n'en essaye-t-il pas ? Mme Bernard veut voir d'autres médecins, appeler au secours les célébrités, les grands guérisseurs.

Il en vient trois à la fois, enveloppés de lourdes pelisses, dans leurs coupés confortables. Et la mère en détresse veut voir luire l'éclair du génie dans leurs yeux fatigués, sur leurs faces mornes de savants ; elle veut prendre confiance dans la grosse rosette de leur boutonnière, dans leurs titres ronflants de professeurs et d'académiciens, dans leurs noms connus de toute la France. Mais, dès qu'ils sont en présence du malade, elle épie et découvre sur leurs visages cette légère moue, cette grimace presque imperceptible qu'elle connaît chez le docteur Forly et qui lui donne froid dans les os. Les médecins passent gravement au salon pour se consulter entre eux, et, derrière la porte fermée, elle écoute, raide d'angoisse, le murmure confus de leurs voix. Sainte Vierge ! si tout à l'heure ils pouvaient lui affirmer qu'Armand n'est pas en si grand péril, qu'ils répondent de sa vie ! Ah ! quelle joie ! A en mourir ! Mais non. Ils reparaissent avec leur air de sphinx, leur physionomie murée. Elle n'obtient d'eux que des phrases banales : « Il faut attendre... Une réaction favorable peut se produire... », et quelques froides paroles d'espoir. Misère de misère ! Est-ce que son fils va mourir ?

Car il va plus mal, elle s'en aperçoit bien. Les accès de délire sont continuels. Dans cette chambre surchauffée et puant la pharmacie, Mme Bernard passe des journées de vingt-quatre heures, tenue toujours éveillée par l'épouvante, au chevet de ce lit qui semble exhaler une vapeur de fièvre et dans lequel le malade s'agite et gémit faiblement. Les nuits surtout sont terribles. Courbée dans son fauteuil par la fatigue et la douleur, la pauvre femme tâche quelquefois de prier. Car, tout d'abord, devant son enfant en danger, la Corse avait retrouvé, au fond d'elle-même, toutes les dévotions italiennes de son enfance. A Saint-Thomas d'Aquin, on dit chaque jour plusieurs messes pour Armand, et Léontine court sans cesse à travers Paris pour faire brûler des cierges à tous les saints spéciaux, à tous les autels privilégiés. Mais vœux ni neuvaines n'ont donné aucun résultat, et Mme Bernard, qui, dans ce moment même, roule distraitement entre ses doigts un chapelet bénit par le Pape, a le cœur soulevé de révolte et de blasphème.

Quelquefois, quand le malade s'apaise, c'est, dans la chambre funèbre, à peine éclairée par la lueur pâle de la veilleuse, un silence noir, épais, profond. Seule, la vieille pendule de Saxe, sur la cheminée, fait entendre sa palpitation rapide. Tic-tac, tic-tac, tic-tac, tic-tac. Et, machinalement, Mme Bernard l'écoute. Comme le temps va vite ! Comme elles courent, les secondes haletantes ! Comme elles se précipitent ! Et vers quel but inconnu ? Tic-tac, tic-tac, tic-tac. Quelle est donc l'heure fatale qu'elles ont tant de hâte d'atteindre ? tic-tac, tic-tac, tic-tac. Qui donc les attend au rendez-vous vers lequel elles galopent de ce train enragé ? – Si c'était la mort ?

Mais, brusquement, Mme Bernard s'est levée. Son fils vient de remuer un peu, il a fait entendre une plainte légère. Elle se penche sur lui, anxieuse, avec un geste qui le couve.

– Comment te sens-tu, mon petit Armand ?... As-tu soif, mon mignon ?... Que veux-tu ?... Dis, je t'en prie !...

Le malade au maigre visage, à la barbe sèche, aux narines pincées, ouvre alors ses yeux qui regardent sans voir, ses yeux démesurément agrandis par la fièvre, et, du fond de son délire, dans un murmure à peine distinct, dans une sorte de soupir où il y a encore de la tendresse, il exhale un nom de femme :

– Henriette !

Mme Bernard étouffe un cri de fureur. Henriette ! Il pense encore à cette Henriette ! Il la revoit dans ses cauchemars ; il l'appelle dans son agonie ! Mais s'il meurt, c'est elle qui en sera cause. Oui ! c'est elle, la débaucheuse, la libertine, qui s'est emparée de ce misérable enfant par les sens, qui l'a mis en folie, épuisé d'amour, et qui l'a livré sans force, éreinté, vidé, à la peste qui passait ! Les médecins l'ont déclaré. La maladie a trouvé chez Armand un terrain trop favorable. Il était anémié, exsangue, quand il a pris cette fièvre. Sans cela, il serait déjà en convalescence, guéri, sauvé ! Et elle, la mère, il faut qu'elle entende son fils moribond appeler cette Henriette ! N'est-ce pas à faire bouillir le sang ? Oh ! la fille maudite ! Oh ! la chienne qui lui a tué son enfant !

XII.

Cependant les amis de la famille Bernard des Vignes ont eu connaissance de la maladie d'Armand. Un groupe important de la société parisienne, le monde du second empire, où Mme Bernard est fort estimée et respectée, s'est ému de cette triste nouvelle et s'empresse de faire parvenir ses témoignages de sympathie. A chaque instant, des voitures s'arrêtent devant la maison du quai Malaquais. Le valet de pied saute lestement du siège, entre chez la concierge, demande des nouvelles et dépose une carte.

La belle maison datant du siècle dernier, où demeurent les Bernard, n'est pas pourvue, comme c'est la mode aujourd'hui, d'une espèce de régisseur insolent, qui lit le journal et se chauffe les tibias dans un salon à vitrine, où triomphent le chêne sculpté du faubourg Saint-Antoine et les turqueries au rabais du Bon Marché. Elle se contente d'une loge du « vieux jeu », où se bombe, au fond d'une alcôve, l'édredon rouge d'un lit conjugal et que parfument, deux fois par jour, des préparations culinaires dont l'oignon est certainement la base. La concierge, la mère Renouf, est en parfaite harmonie avec l'apparence intime et patriarcale de son habitation. Cette grosse maman, sur le retour de l'âge, dont le mari, garçon de bureau dans un ministère, cire les escaliers tous les samedis, est presque toujours seule à garder la maison, et, pour charmer l'ennui de ses fonctions sédentaires, elle élève et soigne avec amour, dans une cage accrochée, le jour, près de la porte de la loge, et, la nuit, au-dessus du poêle, plusieurs dynasties gazouillantes de canaris et de chardonnerets.

Aux personnes, maîtres ou domestiques, qui viennent s'informer auprès d'elle de l'état d'Armand Bernard, la mère Renouf ne se borne pas à communiquer le bulletin médical, ainsi que le feraient, avec une réserve diplomatique, les hautains fonctionnaires, les portiers-gentilshommes de l'avenue de l'Opéra ou du boulevard Haussmann. Mais, bavarde et sensible, elle corrige la sécheresse de ce document par quelques réflexions de son cru, et s'attendrit, en style de concierge, sur les anxiétés maternelles de Mme Bernard et sur les souffrances du jeune et intéressant malade.

C'est dans la loge de la mère Renouf que, tous les soirs, en sortant de l'atelier, Henriette vient chercher des nouvelles d'Armand.

La dernière fois qu'elle l'a vu, il était déjà très souffrant et il l'a laissée fort préoccupée, en promettant de lui écrire dès le lendemain. Mais un jour a passé, puis un autre, sans qu'elle ait vu arriver la lettre attendue. Cruellement inquiète, elle a pris alors à deux mains son courage et elle a franchi de nouveau, toute tremblante, le seuil de cette maison qui lui fait si grand'peur, de cette maison où sont l'homme qu'elle aime et la femme qui la hait.

Henriette n'est pas venue là depuis plus de six mois. Elle espère que personne ne la reconnaîtra.

Mais la mère Renouf a meilleure mémoire et dès qu'elle aperçoit l'ouvrière :

– Ah ! c'est vous, mam'zelle Henriette, lui dit-elle. Comme vous êtes devenue rare !... Vous venez sans doute savoir comment va le fils de madame Bernard ?... Ah ! pas bien du tout, le pauvre petit ! Il paraît que c'est la fièvre typhoïde, décidément.... Eh bien, eh bien, qu'est-ce que vous avez donc ?... Vous êtes toute pâle !... Ah ! mon Dieu ! elle se trouve mal !

Henriette chancelle, en effet, frappée au cœur. La mère Renouf la fait vite asseoir dans sa bergère, – la large bergère où elle roupille, le soir, auprès de son cordon, – puis elle cherche son flacon d'eau de mélisse, ne le trouve pas, commence à perdre la tête. Mais la grisette qui défaille laisse alors tomber son front sur l'épaule de la brave femme, et, sans force pour contenir sa douleur, elle s'écrie, en fondant en larmes :

– Armand !... Mon pauvre Armand !...

Ah ! la mère Renouf n'a pas besoin de plus amples confidences. Un moment stupéfaite, elle a tout compris à présent. Mais elle a bon cœur, la vieille ! Elle a sans doute aimé tout comme une autre, dans son beau temps. Ça lui retourne les sangs de voir cette belle jeunesse qui a tant de chagrin, et elle fait de son mieux pour lui redonner un peu de courage.

– Comment, mam'zelle Henriette ? Monsieur Armand est votre bon ami ! En voilà une sévère ! J'ai bien peur, ma pauvre petite, que vous n'ayez fait là une grosse folie. Mais ce n'est pas de cela qu'il s'agit... Et, d'abord, il ne faut pas vous désespérer. Il est malade, c'est vrai, mais c'est jeune, ça a du ressort. Il guérira, je le parierais... Voyons ! voyons ! remettez-vous... Oui ! je sais bien. Ces douleurs-là, ça fait beaucoup de mal, quand on a un sentiment... J'ai passé par là, et je n'ai pas toujours été une vieille ridicule qui élève des serins... Comment, vous pleurez toujours ? Eh bien, ma foi ! laissez couler l'eau. Après tout, il n'y a que cela qui soulage, ma pauvre enfant !

Et la grosse maman, tout attendrie de voir pleurer cette jeune fille et bien près d'en faire autant, attira sur sa large poitrine la jolie tête désolée et se mit à la bercer avec douceur.

Mère Renouf, vous n'étiez qu'une simple portière, et encore une portière comme on n'en tolérerait pas dans une maison qui se respecte. Votre loge empestait la cuisine à l'oignon et l'odeur chaude des cages d'oiseaux. Vous n'étiez qu'une vieille femme très commune et très vulgaire, et le nez compatissant que vous incliniez vers Henriette était tout barbouillé de tabac. Soyez pourtant bénie, mère Renouf ! car sous votre camisole d'indienne jaune à petites fleurs il y avait quelque chose de plus rare qu'on ne croit généralement, un cœur indulgent et bon. Et grâce à vous, cette enfant du peuple, cette pauvre amoureuse, dont la faute était si pardonnable et à qui la dureté des lois sociales refusait la consolation d'embrasser son amant à l'agonie, put du moins reposer un instant son front lourd de douleur sur un sein de femme et y sentir palpiter un peu de maternelle pitié.

Tous les soirs, Henriette vint donc prendre des nouvelles d'Armand chez la mère Renouf. Elle y venait après avoir fait sa journée. Car c'est ainsi pour les pauvres. On a beau avoir son plein cœur de chagrin, il faut quand même travailler, gagner sa vie. Par la boue et le brouillard de la nuit d'hiver, elle se hâtait sous les arcades de la rue de Rivoli, traversait le désert du Carrousel, et ceux qui voyaient, dans la lumière crue de l'électricité, filer cette grisette au pied vif et à la jupe troussée, pouvaient s'imaginer, hélas ! qu'elle courait à un rendez-vous galant. Mais dès qu'elle arrivait sur le pont des Arts, Henriette ralentissait le pas. Là-bas, sur le quai, à une fenêtre qu'elle connaissait bien, elle distinguait de loin une faible lueur. C'était là que son bien-aimé se débattait contre la mort. Alors elle était envahie d'une lâcheté subite et s'attardait pour reculer le moment où elle entrerait chez la mère Renouf. Les dernières nouvelles étaient si effrayantes ! « Fièvre intense. Le malade est très agité ». Qu'allait-elle encore apprendre de sinistre et de désespérant ?

Et cela durait depuis dix jours, pendant lesquels la pauvre fille avait vécu comme enveloppée d'une atmosphère d'épouvante.

Cependant, une des ouvrières de Paméla, qui jadis a eu la fièvre typhoïde et qu'Henriette a interrogée sur la terrible maladie, lui a dit que le danger de mort, après le neuvième jour, est, sinon tout à fait conjuré, du moins beaucoup moindre. C'est un préjugé populaire, mais l'espoir d'Henriette l'accepte passionnément. Elle veut croire, elle croit que la jeunesse d'Armand sortira victorieuse de la lutte, qu'il guérira, qu'il doit aller mieux déjà. Ce soir, c'est d'un pas plus assuré qu'elle court au quai

Malaquais, c'est presque avec confiance qu'elle tourne le bec-de-cane de la loge.

Grand Dieu ! Sur la table ronde, à côté des cartes de visite amoncelées, elle ne voit pas cette feuille de papier, ce bulletin médical dont la vue seule la remplissait de terreur et sur lequel elle se jetait cependant avec une telle avidité ! La mère Renouf, l'air navré, se lève de sa vieille bergère, baisse la tête, laisse tomber ses bras... Ah ! c'est fini ! Armand est mort !...

Armand est mort ! Un doigt invisible l'a désigné entre tous dans la foule humaine ; une haleine mystérieuse a soufflé sur lui ; et cet esprit lumineux, ce cœur brûlant d'amour, ce regard où flottait l'ombre de tant de beaux et doux rêves, ce foyer de jeunesse, cette flamme d'espérance, tout cela s'est éteint brusquement, comme tombe et s'éteint une étoile dans le sombre azur d'une nuit de septembre !

Armand est mort ! Dans deux jours, ses jeunes amis des écoles seront réunis autour de sa tombe ouverte. Théodore Verdier, sincèrement poète cette fois-là, lira quelques strophes émues, un touchant adieu. Ensuite les étudiants se disperseront à travers les allées humides et défeuillées du cimetière, en s'abandonnant à la fugitive tristesse dont est capable la jeunesse. Puis ils retourneront à leurs travaux ou à leurs plaisirs, et le souvenir du camarade disparu s'effacera peu à peu de leur mémoire.

Armand est mort ! Près des Invalides, on va suspendre un écriteau jaune à la porte d'une maison meublée. Dans peu de temps, « la chambre de l'officier supérieur », rendue à sa destination normale, sera encombrée, dans tous les coins, de sabres d'ordonnance et de paires de bottes éperonnées. Et la glace trouble, devant laquelle Henriette remettait son chapeau avant de partir, tandis qu'Armand la surprenait encore d'un dernier baiser sur la nuque, la glace verte et ridée ne gardera pas une trace de ces deux charmants visages..

Armand est mort ! Au delà des mers et des continents, là-bas, en Extrême-Orient, le général de Voris, dans sa maison de bambous, recevra, au bout de quelques semaines, le billet de faire part, maculé par les timbres de la poste et jauni par le chlore des lazarets ; et il songera, plein d'une amère mélancolie, que la seule femme qu'il ait aimée l'a sacrifié à cet enfant qui ne devait pas vivre.

Armand est mort ! Près de l'oreiller où repose sa tête lourde et pâle, qui a retrouvé pour quelques heures, après le dernier soupir, une jeune et sereine beauté, sa mère, entourée de femmes en deuil, sa mère, effroyable à voir, se tord dans une douleur tragique et pousse des cris de bête qu'on égorge, des aboiements d'Hécube ; tandis qu'en bas, dans la loge, sur le lit d'où l'on a ôté l'édredon rouge, Henriette est étendue, le corsage ouvert, la figure molle de larmes, et s'évanouit pour la deuxième fois dans les bras de la bonne mère Renouf, qui lui mouille les tempes avec du vinaigre et lui parle en chantonnant comme à un enfant malade.

XIII.

Après la mort d'Armand, ce fut, entre tous ceux qui connaissaient Mme Bernard des Vignes, une véritable conspiration de la pitié pour ne pas laisser la malheureuse mère seule avec son désespoir, pour l'entourer et la distraire. Elle recueillit alors le bénéfice de sa noble existence, toute d'honneur et de vertu, trouva des amitiés là où elle ne croyait avoir que des relations mondaines, découvrit des sentiments sincères en des femmes qu'elle avait jugées jusqu'alors très superficielles. La solitude où elle avait d'abord voulu s'enfermer, obéissant à un premier et farouche instinct, fut doucement violée par de touchantes sympathies. On sut lui parler de sa douleur sans lui faire du mal, y toucher d'une main légère. Moins fière depuis qu'elle était si malheureuse, elle apprécia la douceur de se plaindre et d'être plainte, de sentir des mains amicales se poser sur les siennes, d'abandonner son front sur l'épaule d'une confidente émue. On ne pouvait la consoler, mais on la calma du moins, on lui rendit la vie moins insupportable.

Elle n'avait pas voulu qu'Armand fût transporté en province et enterré auprès de son père. C'était à Paris qu'elle avait encore quelques parents ; c'était à Paris que, pendant la maladie de son fils, elle avait senti circuler autour d'elle un courant d'estime et d'affection. C'était donc là qu'elle vivrait dorénavant, puisqu'il fallait vivre ; et elle ne voulait pas être éloignée de la sépulture de son cher enfant.

Elle lui fit construire un tombeau très simple au cimetière Montparnasse, mais elle resta pendant assez longtemps tellement malade de chagrin et de fatigue, qu'elle ne put surveiller les travaux en personne, et quand, six semaines après le décès d'Armand, son cercueil fut retiré du caveau provisoire et déposé dans sa demeure définitive, Mme Bernard ne trouva pas encore la force et le courage nécessaires pour assister à la lugubre cérémonie.

Mais, le dimanche suivant, se trouvant un peu moins faible, elle voulut aller prier, pour la première fois, sur la tombe de son fils, et, après avoir entendu la messe à Saint-Thomas d'Aquin, elle monta dans son coupé rempli de bouquets et de couronnes, et se fit conduire au cimetière.

Elle avait tenu absolument à faire toute seule ce pèlerinage, s'était même opposée à ce que sa vieille Léontine l'accompagnât. Ayant pris des indications précises sur la place du monument, elle descendit de voiture, entra dans le cimetière, drapée de longs voiles noirs, les mains et les bras chargés d'hommages funèbres, chercha quelque temps sa route, puis, après avoir passé en revue plusieurs rangées de tombeaux, lut enfin de loin – avec quel horrible serrement de cœur ! – le nom d'Armand Bernard gravé dans la pierre neuve.

Mais, tout à coup, elle s'arrêta. Ses épaules courbées sous le poids du chagrin se redressèrent, et dans ses yeux cernés par tant de larmes une flamme de colère s'alluma.

Quelqu'un l'avait précédée ! Ses fleurs n'arrivaient pas les premières !

Il y avait déjà sur la tombe d'Armand un petit bouquet de violettes de deux sous, qui ne devait être là que depuis peu de temps, car les humbles fleurs étaient encore toutes fraîches dans leur collerette de lierre.

Mme Bernard des Vignes n'eut pas un instant de doute. Cela venait de cette Henriette !

Depuis qu'Armand était mort, la malheureuse mère avait fait tout son possible pour ne plus songer à la maîtresse de son fils. Elle ne voulait garder de lui, dans son esprit, qu'une pure image, ne l'évoquer que paré de son innocence et de sa chasteté d'autrefois. Les six derniers mois de la vie d'Armand, son commerce avec une fille indigne de lui, la lutte qu'il avait soutenue contre sa mère à cause de cette Henriette, ce coup de folie sensuelle, – car ce n'était pas autre chose, évidemment, – tout cela souillait, flétrissait la mémoire de son fils, tout cela était trop pénible. Elle ne voulait plus y songer ; elle y était presque parvenue.... Et voilà que ce passé honteux et détestable se dressait encore devant elle.

Cette misérable, dont les baisers avaient peut-être été meurtriers pour Armand, osait déposer des fleurs sur sa tombe ! Et de quel droit ? A quel titre ? Parce qu'elle l'avait aimé ? Est-ce que cela peut s'appeler de l'amour, les ardeurs d'une gamine au printemps ? Parce qu'elle l'aimait encore ? Allons donc ! Sensiblerie de grisette, qui n'y pensera plus dans un mois, dans quinze jours, et qui prendra un autre amoureux. Non ! non ! elle ne peut pas souffrir, elle, la mère au cœur percé des sept glaives, que ce bouquet reste à côté des siens ! Sur cette pierre dont elle s'approche, débordante de sanglots et de prières, elle ne veut pas de l'hommage d'une coquine, qui est venue là, en pleurnichant à peine, le cœur plein de regrets impurs ! Au tas d'ordures, au fumier, les fleurs obscènes !

Et Mme Bernard se penche pour prendre les violettes et les jeter au loin ; mais elle n'achève pas le geste commencé.

Dépouiller une tombe ! C'est presque un sacrilège. Si son fils la voyait !... Hélas ! cette offrande a peut-être été très douce à celui qui dort là pour toujours. Qui sait si les premières fleurs qui ont orné son sépulcre ne lui sont pas plus chères que celles apportées par sa mère en deuil ? Ah ! la cruelle pensée !

Mais Mme Bernard se rappelle, à présent, qu'elle est venue là pour prier. Elle se reproche de s'abandonner, dans un pareil lieu, à des sentiments de rancune. Elle se met à genoux, fait le signe de la croix, Oui ! l'heure a sonné de tous les pardons. Oui ! en pensant à son pauvre fils mort, elle devrait se souvenir seulement qu'il a été, pendant vingt ans, sa consolation, son orgueil et sa joie. Oui ! elle devrait être plus indulgente pour cette jeune fille qui, après tout, a peut-être aimé sincèrement son Armand, qui, dans tous les cas, ne l'a pas encore oublié, puisqu'elle a posé là ces fleurs fidèles.

Et quand Mme Bernard, après être restée longtemps en prière, se relève pour partir et jette au tombeau un long et dernier regard d'adieu, le bouquet d'Henriette est encore à la même place.

Depuis lors, tous les dimanches, Mme Bernard revint au cimetière, et, chaque fois, elle put constater qu'Henriette avait apporté dès le matin son souvenir parfumé.

Le temps passa. Avec les saisons, les fleurs varièrent ; mais ce furent toujours celles de la flore faubourienne, celles qu'on vend dans les petites charrettes à bras, le long des trottoirs. Aux bouquets de violettes succédèrent les poignées de giroflées, les branches de lilas, les bottes de roses. Devant tant de constance, Mme Bernard désarmait peu à peu. Le sentiment de cette Henriette était-il donc plus fort, plus durable qu'elle n'avait cru ? Pourquoi pas ? Armand était si aimable, si séduisant ! En s'attendrissant sur son fils mort, la mère devenait plus clémente pour celle qui l'avait aimé. Si, un jour, elle avait rencontré la jeune fille, peut-être se fût-elle jetée dans ses bras et l'eût-elle traitée en égale devant la douleur. Pourtant, à chaque bouquet nouveau, Mme Bernard éprouvait une sorte d'étrange dépit. Elle était toujours jalouse d'Henriette, jalouse de ses regrets et de son chagrin, et elle était encore sa rivale par les larmes.

Cependant la ligue affectueuse qui s'était formée autour de Mme Bernard continuait son œuvre. A la longue, on l'avait décidée à mener une existence moins cloîtrée, moins sauvage. Cédant à de patientes et gracieuses sollicitations, elle consentit à recevoir et à rendre quelques visites, à se mêler même parfois à de très étroites réunions.

Il y avait déjà un an qu'Armand n'était plus. L'hiver était revenu. C'étaient des chrysanthèmes qu'Henriette apportait à présent, et Mme Bernard les trouvait souvent poudrées de neige.

Un deuil comme celui de cette pauvre mère ne pouvait pas se consoler, mais il devenait, grâce au temps, moins aigu, moins âpre. Cette douleur, qui devait être éternelle, n'était plus continuelle.

Oublier ! oublier ! c'est le secret de vivre !

a dit Lamartine dans un vers admirable qui exprime une amère vérité. Certes, Mme Bernard n'oubliait pas, mais enfin elle vivait.

Quelques semaines après la messe de bout de l'an célébrée pour le repos de l'âme d'Armand, – oh ! ce jour-là, quels torturants souvenirs, quelle plaie rouverte ! – Mme Bernard apprit que le général de Voris était revenu du Tonkin.

Il lui avait écrit, à propos de la mort d'Armand, une lettre exquise de tact et de sensibilité, puis il n'avait plus donné de ses nouvelles, et, de retour à Paris, il s'était borné à déposer une carte chez Mme Bernard.

Mais bientôt celle-ci remarqua que plusieurs de ses amies prononçaient très souvent devant elle le nom de M. de Voris, et elle devina bien vite dans quelle intention. Le général l'aimait toujours, elle le sentait, elle en était sûre. Peut-être même n'était-il revenu en France que pour se rapprocher d'elle ? Il la savait seule au monde. Il devait se dire que, maintenant, elle voudrait peut-être l'accepter pour consolateur et pour mari, et, dans le cercle dont elle était entourée, il avait sans doute discrètement converti quelques femmes à sa cause.

Se remarier ? Recommencer sa vie ? La pauvre femme ne croyait guère que ce fût possible. Pourtant, comment n'être pas touchée par ce ferme et inaltérable amour, que rien n'avait pu lasser, qui avait résisté, bien que sans espoir, au temps et à l'absence ? Oui ! jadis, elle avait eu un tendre penchant pour M. de Voris. Hélas ! que pourrait-elle aujourd'hui lui offrir en échange de son sentiment si profond ? Un cœur brisé, pas davantage... Mais c'est de débris que les nids sont faits.

Trente-neuf ans ! Elle est presque une vieille femme. A quoi rêve-t-elle donc ?

Par hasard, elle se regarde dans la glace. Ah ! elle a trop pleuré, et ses paupières sont bien flétries. Cependant elle ressemble encore un peu à son portrait peint par Dubufe, à son portrait quand elle avait vingt ans. Il y a dans ce miroir mieux qu'un fantôme de l'admirable Bianca Antonini, de la jeune Diane des chasses de Compiègne. Le marbre de son teint a un peu jauni. Quelques fils blancs courent dans sa profonde chevelure. Mais elle a gardé ses traits purs et fiers, son buste puissant et gracieux, ses épaules faites pour le manteau royal.

– Belle encore ! soupire-t-elle avec une mélancolie douce.

Ah ! folie ! folie !

Ce jour-là, précisément, l'ancienne dame d'honneur de l'Impératrice, la vieille duchesse de Friedland, excellente femme qui a témoigné, dans ces derniers temps, à Mme Bernard des Vignes un maternel intérêt, vient la voir et l'invite à prendre le thé chez elle, en tout petit comité.

– Vous trouverez là, ma chère amie, une de vos anciennes connaissances, le général de Voris.

Accepter, ce serait, pour une femme du caractère de Mme Bernard, donner un espoir au général, s'engager presque avec lui. Elle s'excuse, donne un prétexte, mais, elle reste pleine de trouble.

Pourquoi donc a-t-elle refusé ? Ce mariage, qui satisferait d'ailleurs toutes les convenances, n'aurait rien que de doux et de consolant pour elle. Elle y a réfléchi, et très sérieusement. Son cœur, interrogé tout bas, plaide en faveur de M. de Voris. Elle s'est déjà demandé : « Pourquoi pas ? » Elle est sur le point de se répondre : « Oui ». Qu'est-ce donc qui l'arrête au seuil de ce refuge où, après tant de souffrances, elle pourrait goûter un peu de tendre repos ? Qu'est-ce donc qui la fait hésiter ?

Presque rien. Le petit bouquet de violettes qu'elle à encore trouvé, dimanche dernier, sur la tombe d'Armand.

Sans doute, elle a le droit de se remarier, sans être infidèle à la mémoire de son fils. M. de Voris, dont elle connaît le cœur, respecterait, encouragerait chez elle le culte du souvenir. N'importe ! Tant qu'Henriette apportera des fleurs au cimetière, Mme Bernard restera veuve. Dans cette rivalité de douleur et de constance, elle ne veut pas être vaincue.

Mais, le dimanche suivant, il n'y a sur la pierre tumulaire que les violettes de la dernière fois, toutes noires et toutes séchées. Henriette n'est pas venue renouveler son bouquet.

Ah ! quelle joie ironique et méchante Mme Bernard se sent au cœur ! Elle l'avait bien prévu ! La maîtresse d'Armand devient négligente, elle se console. Allons ! allons ! il n'y a que les mères qui n'oublient pas.

Pourtant, prenons garde de porter un jugement téméraire. Henriette peut avoir eu un empêchement, être absente, indisposée. Il convient d'attendre.

Mais un, deux, trois dimanches se succèdent, et rien, rien, toujours rien !

Alors c'est un triomphe pour Mme Bernard. Oui ! cent fois oui ! son premier mouvement était le bon. Elle était légitime, sa répugnance devant ces fleurs impures. Armand ! Armand ! ta mère seule t'a vraiment aimé. Elle peut bien, pour finir sa vie, pour descendre la côte, s'appuyer au bras d'un vieil ami, d'un honnête homme. Mais sois tranquille, cher enfant ! Ta tombe est dans le cœur de ta mère, et elle y tiendra toujours la plus grande place. Tandis que cette fille !... Tu vois ? C'est déjà fini, son regret. Sans doute elle a quelque autre amant. Ah ! pauvre mort, ne compte que sur ta mère pour parfumer ton éternel sommeil. Ton Henriette ne viendra plus au cimetière ; elle en a oublié le chemin.

Cependant la duchesse de Friedland revient chez Mme Bernard des Vignes, et lui dit :

– Décidément, vous me boudez, ma chère. C'est donc un parti-pris ? Je voudrais tant vous avoir, un de ces mercredis, à mon thé de cinq heures. Le général de Voris a la bonté de n'y pas manquer, et nous fait frémir avec ses histoires de pirates du Fleuve Rouge.

Et la veuve, délivrée de son dernier scrupule, répond avec un léger battement de cœur :

– Il n'y a de ma part, je vous assure, aucun parti-pris, madame la duchesse. Comptez sur moi, mercredi prochain.

XIV.

Ah ! le radieux jour ! La bonne matinée !

Sous la splendeur du ciel bleu, le paysage des quais parisiens a l'air tout rajeuni, tout battant neuf. A la station des voitures, dont le soleil fait étinceler les cuirs vernis, l'horloge du kiosque marque midi, et nous sommes le 1er juin. La belle heure et la belle saison ! La Seine aux flots verts semble couler, aujourd'hui, plus joyeuse et plus rapide. Devant les cases des bouquinistes les passants s'arrêtent avec une douce chaleur dans les reins ; et, sur le pont des Arts, tout émoustillé par les effluves du printemps, un des plus vieux membres de l'Institut se surprend à fredonner un couplet de Désaugiers, que lui chantait, sous Charles X, dans un cabinet du Rocher de Cancale, une grisette en souliers cothurnes et en manches à gigots. On rajeunit vraiment. Il fait bon vivre.

Dans son boudoir, où pénètrent par la fenêtre ouverte l'air pur et la grande lumière, Mme Bernard des Vignes – oui ! elle-même – subit l'influence enivrante de la belle journée.

C'est après-demain qu'elle se remariera, c'est après-demain qu'elle quittera son deuil ; et, sur le divan, dans un carton ouvert, voici le chapeau qu'elle mettra pour la cérémonie. Tout à l'heure, la modiste le lui présentait, posé sur le poing, en disant de sa voix aimable de marchande :

– Vous, voyez, madame. C'est tout à fait ce que vous désiriez... Quelque chose de sérieux... Rien que cette petite branche de lilas.

Et en essayant le chapeau devant sa psyché, Mme Bernard a trouvé qu'il était d'un goût charmant, qu'il lui allait dans la perfection, – et elle a souri.

Oui ! elle a souri. Car elle a réappris à sourire. On l'aime ; elle est redevenue femme, elle veut plaire. Le jour où, seule avec M. de Voris qui la suppliait, elle-lui a jeté un regard de consentement, Mme Bernard a vu l'héroïque soldat des campagnes sous Metz et du Tonkin tomber à ses genoux, muet et brisé de bonheur, et pleurer sur ses mains comme un enfant. Aimer encore ? Le pourra-t-elle ? Du moins, elle est sûre d'être bien aimée. Oh ! comme elle va se reposer, se détendre, dans ce bain de tendresse ! Et puis, faire un heureux, c'est encore si doux !

Non ! Armand n'est pas oublié, il ne le sera jamais. Après demain, age-nouillée auprès de son nouvel époux, Mme Bernard pensera à son fils, priera pour son fils. Et pourtant, pourtant !... Il est loin, l'ancien désespoir. La noire tristesse qui lui avait succédé se dissout et s'évapore en mélan-colie. Non ! Armand n'est pas oublié. Cependant, la blessure se ferme et se cicatrise. Elle souffre, moins, l'inconsolable, et, tout à l'heure, – ah ! misérable nature ! – elle souriait à son chapeau de noces, à ce joli chiffon.

Mais un domestique entre dans le boudoir, avec une lettre sur un pla-teau.

Écriture inconnue. Mme Bernard déchire l'enveloppe. Quatre pages. De qui peut être cette longue épître ? Elle cherche et trouve la signature, « Henriette Perrin », et voici ce qu'elle lit, avec un grand frisson qui lui passe dans tout le corps.

Paris, Hôpital Necker, 28 mai.

« Madame,

« Je suis bien malade à l'hôpital Necker, et si faible que je ne puis tenir la plume. Une voisine de salle, qui entre en convalescence, est assez bonne pour écrire sous ma dictée, et, quand je serai morte, seulement quand je serai morte, – mais cela ne tardera pas,– elle vous fera parvenir cette lettre.

« Je ne veux pas m'en aller sans vous avoir demandé pardon de la peine que j'ai pu vous faire. J'ai su par Armand combien vous étiez fâchée et mécontente de mes relations avec lui. Je reconnais mes torts. Vous m'aviez admise dans votre intérieur, vous aviez été très bonne pour moi, et, en devenant l'amie d'Armand, j'ai eu l'air d'abuser de votre confiance. Je comprends que vous m'en vouliez beaucoup et que vous ayez de mauvaises idées sur mon compte. Pourtant, j'espère que vous aurez pitié de moi et que vous me pardonnerez, quand vous recevrez cette lettre ; car, alors, je serai morte de chagrin. Les médecins disent que c'est le foie qui est malade. Mais, depuis la mort de mon Armand bien aimé, je sens que je m'en vais, voilà la vérité.

« Madame, on ne ment pas quand on va mourir. Il faut me croire. Je vous jure qu'Armand a été mon premier et mon seul ami. Je l'ai aimé tout de suite, comme une pauvre folle que j'étais, comme il est impossible d'aimer plus. Mais je n'ai pas fait la coquette, je vous assure, et je suis encore tout étonnée qu'il ait bien voulu, qu'il n'ait pas rougi d'une petite amie aussi ignorante et aussi simple que moi. Soyez indulgente, madame ; songez combien nous étions jeunes tous les deux !

« Je savais, bien que cela ne durerait pas longtemps, que les jeunes gens de famille doivent se marier avec une personne de leur monde, que tôt ou tard vous auriez décidé votre fils à me quitter. Mais j'y étais résignée d'avance, et, soyez-en sûre, celle qu'un Armand avait un peu aimée ne serait pas devenue une vilaine. Oui, j'aurais su vivre, toute seule dans mon coin, avec mon cher et unique souvenir de jeunesse, me consolant par la pensée qu'Armand aurait été heureux, lui, au moins, avec belle jeune femme et de beaux enfants. Mais qu'il soit mort à vingt ans, en quelques jours, sans même que je l'aie embrassé une dernière fois, voilà ce que je n'ai pas pu supporter.

« Quand j'ai appris cela, dans la loge de votre concierge, j'ai reçu le coup qui m'a tuée. Depuis ce jour affreux, j'ai comme de la glace autour du cœur. Tout de suite, j'ai commencé à me mal porter, et puis, deux mois après Armand, ma vieille tante s'en est allée à son tour et je suis restée toute seule. Je travaillais toujours, – il fallait bien ! – mais comme une machine, et je restais des heures et des jours sans dire un mot, avec mon chagrin qui me rongeait. Ma seule consolation, c'était d'aller, le dimanche matin, porter des fleurs au tombeau d'Armand. Et, à propos de cela, madame, je vous remercie d'avoir laissé mes petits bouquets à côté des vôtres. C'est même ce qui m'a fait espérer que vous m'en vouliez un peu moins, que déjà vous me pardonniez presque. Enfin, je suis tombée tout à fait malade. Je ne pouvais plus travailler, j'étais sans ressources, et il a fallu aller à l'hôpital. Mais si vous saviez ce que j'ai souffert le premier dimanche que j'ai passé ici, en me disant que vous ne trouveriez là-bas que mon bouquet fané de la dernière fois et que vous alliez croire que j'avais oublié mon Armand ! C'est aussi pour cela que je vous écris, afin que vous sachiez bien que je meurs avec son nom sur les lèvres.

« Madame, je me suis confessée hier. La personne à qui je dicte cette lettre a de la religion et m'a demandé de voir un curé. Depuis ma première communion, je n'étais pas retournée à l'église et les prêtres me faisaient un peu peur. Mais celui qui est venu m'a parlé très doucement et m'a dit que mes fautes me seraient pardonnées. Vous serez aussi bonne que lui, n'est-ce pas ? et vous ne m'en voudrez plus d'avoir tant aimé votre fils.

« Adieu, madame. Si j'osais vous adresser encore une prière, je vous demanderais, quand vous irez à Montparnasse, d'acheter, comme je le faisais, à la porte du cimetière, un petit bouquet de fleurs de la saison, un bouquet de deux sous, pas plus, et de le mettre sur la tombe d'Armand avec les vôtres. M. l'abbé m'a bien dit qu'on retrouverait au ciel ceux qu'on avait aimés. Mais que sait-on ? Il me semble que, tout de même, le pauvre Armand, dans son cercueil, sera content de recevoir le souvenir de sa petite amie. Vous serez tout à fait généreuse, madame, si vous voulez bien vous rappeler et satisfaire le dernier désir de

« Votre très respectueuse et très humble servante,

« HENRIETTE PERRIN »

Mme Bernard des Vignes fond en pleurs en achevant la lecture de cette lettre. Comme il a pâli tout à coup, le soleil de juin ! Comme elle est morne, cette journée de printemps ! Et là, sur le divan, dans ce carton ouvert, le joli chapeau de noces, avec sa branche de lilas ! Il lui fait mal à voir, maintenant, à la mariée de demain ! Elle en a honte !

Certes, elle a pardonné, elle pardonne encore ! Certes, elle accomplira le vœu de la morte ! Mais, les yeux fixés sur la signature d'Henriette Perrin, sur les deux seuls mots que la pauvre fille ait pu tracer de sa main de moribonde, la mère d'Armand, d'une voix basse, d'une voix de vaincue, murmure, avec un suprême mouvement de rancune et de jalousie :

– Elle l'aimait mieux que moi !